U0122093

轻松游世界
THE COMPASS TRAVEL GUIDE

萨尔茨堡音乐之旅

SALZBURG AND ITS MUSIC

王欣欣　著

新星出版社 NEW STAR PRESS

从慕尼黑坐一个半小时的火车就到了这个举世闻名的小城——萨尔茨堡。当我走出车站的时候，雨正悄无声息地下着，尽管是7月的盛夏，空气却凉凉的沁人心脾，绿草青翠欲滴。古老的房舍记录着历史的沧桑却明亮整洁，漫步走上横跨在盐河上的集市小铁桥，仿佛仍然能听到历史上两个音乐巨人充满韵律的呼吸，桥的一端是卡拉扬的诞生地，另一端就是莫扎特的故居。这就是萨尔茨堡这个音乐之都给我留下的第一印象。

萨尔茨堡是座宁静而又国际化的袖珍小城，这里没有大城市的奢华与浮躁，也没有乡村的单调与乏味，空气里流淌着悠扬的乐音，走在古老的小巷里能体会到的是历史留下来的尊贵、优雅和浪漫。当那饱含着音符的微风轻拂脸颊，教堂传来此起彼伏的悠扬钟声，雄伟的城堡被夕阳镀成金色的幻影，置身其中，我越来越深刻地体会到这个小城的古老、悠远。

我从小就痴迷古典音乐，非常喜欢听莫扎特的作品，我一直在揣测，到底是一个怎样的地方才能孕育出这样一位音乐巨匠。学生时代看过了电影《莫扎特传》我才了解到，莫扎特出生在一个风景如画的城市，一个有如仙境的洋溢着浓郁艺术氛围的地方——萨尔茨堡。从此这个美丽而神奇的地方一直吸引着我。多年的企盼之后，我终于来到了这个魂牵梦绕的地方。这里有多彩的民俗风情、古老壮观的建筑、香浓的咖啡和美味的食品，这里是莫扎特和卡拉扬的诞生地，好莱坞经典影片《音乐之声》的拍摄地以及世界最著名的圣诞歌曲《平安夜》的发源地。

萨尔茨堡给我的感受是无法用言语来表达的。要想了解萨尔茨堡，要想诠释萨尔茨堡，只有自己亲身来体会它。在风和日丽的日子，你可以步行穿过大街小巷，登上古堡，流连于美丽的米拉贝尔花园。在细雨蒙蒙中，你可以闲坐于一家小咖啡馆，在咖啡的浓香中，体会一下小城的闲逸。夏日，你可以骑上自行车环游古城。冬季，你还可以到郊区体验滑雪的乐趣。一年四季，萨尔茨堡都会给你带来意外的惊喜，只要你有时间！

在多次造访萨尔茨堡之后，我对这个小城有愈来愈深的了解。在体味着壮阔的美景与独特的民族文化的同时，我心生一丝萌动，想把我对它的了解写出来，让所有迷恋萨尔茨堡的人和我一起体会，一起分享……

王欣欣

Shujuan Wang

1 萨尔茨堡，一个传说中神奇的地方、一个高雅艺术的殿堂、一个流淌着音符的地方，我曾经魂牵梦绕想要靠近她。在这一刻，我置身其中，感受着她带给我的震撼！

ein Stück Paradies

传说中最接近天堂的地方

萨尔茨堡既是城市的名字，也是州的名字。萨尔茨堡市是萨尔茨堡州的首府，地处阿尔卑斯山北麓，位于奥地利西部和德国的交界处，是一座典型的欧洲袖珍古城。1997年萨尔茨堡整个古城区被联合国授予世界人类文化遗产保护区。萨尔茨河横贯萨尔茨堡市区，把它分为新城和旧城两部分。萨尔茨堡的德文含义为"盐堡"，因为这里富于盐矿，历史上曾得以广泛开采。曾几何时，占有这个城市的盐产也就代表着占领了这个城市，可见"盐"在萨尔茨堡人心中的地位。在萨尔茨堡，随处可见建造在高高山顶上的城堡，那里是历代大主教居住的地方，千年已过，世代大主教的威严早已灰飞烟灭，只剩湛蓝的天空下那一座座古老的城堡向世人诉说着古老的历史。

萨尔茨堡是音乐巨匠莫扎特的故乡，也因莫扎特而闻名于世，每年都有数以百万计的游客来这里观光游览。萨尔茨堡市当地人口不到十五万，更多熙熙攘攘的人群是来自世界各地的游客。老城面积仅有八十公顷，城中心为大主教官邸，山顶的盐堡要塞修建于1077年，在它建成至今的一千多年历史中，曾经无数次被外敌攻击，却从来没有沦陷过。

萨尔茨堡是除维也纳之外奥地利的另一个音乐中心和旅游中心，

每年 7 月下旬至 8 月底举办的一年一度的萨尔茨堡艺术节更是闻名于世，是全世界少有的音乐盛会。艺术节期间不仅会有来自各国的顶级音乐家参加演出，更有来自全世界的音乐爱好者和游人，城市的每一个街头角落都充满音乐气息，所以即使你不是音乐迷，也不妨到这座古城一游。当代音乐指挥大师卡拉扬也是萨尔茨堡人，卡拉扬凭借超强的记忆力指挥乐队从不看谱，却依然将古典音乐和现代音乐都演绎得出神入化。艺术节大剧院对面的卡拉扬广场，正是人们为了纪念这位崇尚完美的指挥家而修建的。

萨尔茨堡是奥地利最早接受罗马文化和基督教洗礼的城市，城市虽小，但是建筑却宏伟壮观，因此萨尔茨堡素有"北方的罗马"之美称。萨尔茨堡之所以被誉为全世界最美丽的城市之一，最重要的原因是其风景迷人：街头坐落着众多教堂，罗马风格的漂亮建筑，散落在草地上的是各式各样如童话般的小屋，穿城而过的萨尔茨河与古城堡相映生辉，郊外的湖光山色也清爽宜人，电影《音乐之声》中美丽的景色随处可见。

萨尔茨堡的古城堡
从未沦陷的古堡

　　城市中心的小山上高耸的古城堡是这个美丽城市的标志，它是迄今为止欧洲最大也是保存得最完好的城堡之一。它始建于1077年，建建停停，一直到17世纪才把整个城堡建成。古城堡的主要作用是保护教士和平民。今天我们所看到的古堡外观形式依然是15世纪大主教执政时的风格。城堡中至今仍然陈列着大主教的勋章，在城堡中小教堂的外墙上还可以看见他的大理石浮雕像。

　　在古城堡里面，除了参观十五个奢华的主教居室、游览中世纪的

建筑风格、欣赏独具魅力的建筑艺术和手工艺术品外，还可步行到二楼参观大主教画廊。此外，著名的城堡音乐会还定期在独特的大主教居室内举行。

在古城堡里面，你可以参观大主教居室、防卫墙和行刑室(可在入口处要中文讲解话机)。古城堡的小教堂里面可以举行婚礼。

去古城堡，你可以选择乘坐城堡缆车，也可以步行攀登。在城堡上举目四望，萨尔茨堡全城美景尽收眼底。

如果你在古城堡参观累了，就可以到带有露天花园客座的城堡餐厅坐一下，在这里你可以享受丰盛的萨尔茨堡特色美食，或喝一杯咖啡，同时还有全城及近郊的美景一览无余。

地址：城中心小山上

迷人的萨尔茨堡

粮食胡同
Getreidegasse

粮食胡同之所以出名，最重要的原因是音乐巨匠莫扎特诞生在这里，如果你是莫扎特乐迷的话，你可以在参观完莫扎特诞生地博物馆后买到所有关于这位伟大作曲家的纪念品，例如用莫扎特本人用过的乐器演奏的音乐CD、莫扎特的书、衬衫、文具、便笺、海报、钱币和印着莫扎特一家人肖像的明信片等。

地址：萨尔茨河畔古城的一侧

粮食胡同的另一大特色是街道两旁的铁艺招牌，它们是粮食胡同的象征。粮食胡同几乎所有的商号都有享誉世界、千姿百态、古色古香的铁艺招牌点缀着。很多商号上还保留着古代的车轮、葡萄簇、鹅、鹿以及其他标志。古典的铁艺招牌可以一直追溯到中世纪，因为那时许多人不认识字，所以只能依靠标志辨认。这些铁艺招牌多数都出自铁匠尤瑟夫·韦伯之手，他是这个城市很重要的艺术家，他的铁厂早在1395年就开张营业，坐落在粮食胡同二十八号。

莫扎特的出生地

沃尔夫冈·阿玛迪斯·莫扎特于1756年1月27日出生在粮食胡同九号楼四层。莫扎特一家在这里住了二十六年。该房子的主人是有名的大资本家及香料商人约翰·罗润兹·哈根劳尔，他也是莫扎特一家的朋友。现在，这整栋建筑已成为莫扎特基金会所拥有的房产，被开辟为莫扎特博物

馆，里面珍藏着富有历史价值的乐器，如：莫扎特小时候用过的小提琴、音乐会小提琴、翼琴、钢琴和中提琴，以及莫扎特的手稿和一家人的书信，还有家庭成员的原版肖像。这里还保存着由莫扎特的表哥约瑟夫·郎格于1789年创作（未完成）的油画《莫扎特在钢琴旁》。这里每年吸引着世界各地的游客流连忘返。

地址：Getreidegasse 9

由于旧城粮食胡同的老房子太小，1773 年，莫扎特一家迁到位于盐河对岸的另一栋更大的房子，马卡特广场八号，这里就是莫扎特故居。莫扎特去维也纳之前也是他在萨尔茨堡生活的最后几年里，这所房子赋予了他音乐灵感，在这儿居住的几年他一共创作了一百五十多部作品。博物馆记录了这幢建筑的历史和莫扎特一家的生活，保存了遗留下来的物品。在这里，人们还有机会欣赏到创作于 1780 年的名画《钢琴旁的莫扎特一家》。展览侧重于反映莫扎特的生活和工作，特别是他的巡回演出及他的姐姐娜奈尔的生活片段。馆内还收藏了所有莫扎特作品及关于其生平的音像产品。尤其是那间仍保持原状的舞厅，现在仍然是音乐演奏厅。

地址：Makartplatz 8

Mozart Wohnhaus
莫扎特住屋

Mozarteum

莫扎特音乐学院

　　莫扎特音乐学院是闻名世界的音乐学院，其主楼是1841年为了纪念莫扎特逝世50周年而修建的，这栋教学楼是在1906年竣工的，房顶四角上的小人分别代表着音乐当中快板、慢板、中板和散板四种节奏。这里拥有一流的莫扎特图书馆和莫扎特档案库，里面有许多与其作品相关的无价档案文件。这所学院培养了无数的音乐家，其中闻名世界的音乐大师卡拉扬就毕业于这所学院。现在学院当中有一千多名学生，两百多位教师，还有几十位来自中国的学生。莫扎特音乐学院的后花园里有一座小屋，是莫扎特创作最后一部歌剧《魔笛》时居住的。这个颇具纪念意义的小房子于1825年被运到萨尔茨堡，并永久地停驻在莫扎特音乐学院的后花园。

地址： Schwarzstraße 26

莫扎特广场

Mozartplatz

莫扎特广场位于城市中心，由路德维希·冯·施万塔勒所设计的莫扎特纪念碑，雄伟地矗立在广场中央。青铜雕刻的莫扎特塑像面朝教堂，安静地站立在那里，他一手拿着纸，一手紧握着笔，俨然一派艺术家的风范。1842年9月5日，在莫扎特两个儿子出席的剪彩仪式中完成纪念碑的落成典礼。莫扎特雕像前面，镶嵌着1997年联合国教科文组织授予萨尔茨堡老城世界人类文化遗产保护区的石牌。

官邸 *Residenz*

从 12 世纪到 18 世纪，这里一直都是公爵大主教的居住地点。一百八十个富丽堂皇的房间，向世人展示着当年西方世界的强盛与贵族们的富有。时至今日，这里还保留了当年的奢华，但现在的官邸已经变成了大家欣赏音乐会的地方。

官邸画廊位于这个建筑的第三层，里面珍藏了 16 到 19 世纪由画家伦勃朗、鲁本斯、提香与勒絮尔等人的重要作品。

骑士厅是室内演奏厅。室内天花板上的图画描绘的就是当时贵族们的生活情景。会议室是晚间举行音乐会的地方。莫扎特六岁的时候，就是在这里举行他的第一场公开音乐会。

现在官邸广场前有出租马车，搭乘马车游览整个萨尔茨堡，体验一下这种中古世纪的代步工具绝对是不错的选择。

地址：Residenzplatz

新官邸楼位于市中心广场的东侧，可以看见八角形的钟塔，里面有卡罗琳诺·奥古斯特博物馆。大主教沃尔夫·迪特里希在1592－1602年将宫殿建造为他的宾客住所。在三楼的议会厅、主教厅、肖像画廊装饰着各式色彩斑斓的壁画。之后，此建筑于库恩保大主教执政时期再加以扩建。1702年，图恩大主教又添增了八角形钟塔并一直保留到现在。这个钟塔会在每天的上午7点、11点及下午6点整，由三十五个大小钟铃奏出以莫扎特、舒伯特和海顿音乐为主的美妙钟声。

地址：Residenzplatz

新官邸楼
Residenz Neugebäude

Salzach Schiff-Fahrt

萨尔茨河游船之旅

　　新城和古城以萨尔茨河为界，萨尔茨河也可以翻译成盐河。在萨尔茨河上有观光游船往返于城区和郊区，游客可乘船欣赏两岸的风光，全程往返约需要四十分钟。需要提醒你的是：如果乘坐萨尔茨河的游船，最好在预定时间前十五分钟左右到达码头，有的时候游客比较多，踩着准点过去，很可能船已经坐满了，只能预约下一班。或者可以选择早晨先去码头预约好，再去玩儿别的景点，这样开船前五分钟抵达就可以了。

地址： Makartsteg

僧侣山电梯

Mönchsbergaufzug

　　僧侣山是城边上一个陡峭的小山，山下就是古城，乘坐僧侣山电梯可直达山顶。站在山上举目望去，美丽的萨尔茨堡风光绮丽，令人赏心悦目。奥地利的咖啡、糕点与音乐同样有名，坐在山顶咖啡馆的露台上，喝上一杯咖啡，吃一块精致美味的萨尔茨堡糕点，实在是一大难得的享受，非常值得一去。山上还有一座现代博物馆，喜欢现代艺术的朋友们会在那里有惊奇的发现。

地址： Gstättengasse 9

　　可乘坐公交车，在Mönchsbergaufzug 站下车

盐河东岸的石头巷

Steingasse

　　我经常穿过莫扎特桥，到游人很少光顾的石头巷来散步。感受几百年前人们独特的审美观。这条街上有很多有历史意义的老房子，比如，当年海关的关卡，卫兵坚守的石楼，都有五百多年的历史了。如此狭窄的街道，连边道也没有。曾经是去往意大利威尼斯唯一的通途。至今还保持着真实的尺度。这里过去是手工业者聚居和赖以谋生的地方。著名的《平安夜》词作者摩尔住过的房子也在这里。

21

Hellbrunn
亮泉宫

　　亮泉宫位于萨尔茨堡以南几公里，由大主教马库斯·西提库斯于1612—1615年间建成，包括一个大花园，喷泉，以及剧院。1612年萨尔茨堡的马库斯·西提库斯主教在上任几个月后开始在水源丰富的海尔布伦山山脚处建造庄园。作为意大利文化与艺术的爱好者，他想在自己的避暑宫和花园里营造出意大利的氛围，经过很短的建筑过程在萨尔茨堡城南升起了一颗建筑明珠。不像其他宫殿，亮泉宫从未被改造过，所以即使是今天，游客们仍能身临其境地欣赏文艺复兴时期的花园所呈现的南方景致。

　　在亮泉宫内最吸引游客的是有着四百年历史的喷水游戏，在游客参观时能体验到意想不到的喷水惊喜。17世纪时，若是有幸跟大主教共进午餐，千万别以为那是一种何等的殊荣。席间，正当宾客们觥筹交错酒酣耳热之时，大主教趁人不备，给他的掌水官一个眼色，忽然石凳下冷不防射出一股水流，专为主教大人取乐客

人之用。可怜那些客人，鉴于宫廷礼仪，不好发作，离开时，还要感谢大主教的盛情款待。

令人印象深刻的还有一座由水推动的机械木偶剧场，舞台由一座管风琴与两百五十四个木偶组成，演绎和描述了巴洛克时期小镇的生活情景，整个表演过程完全靠水流带动各个部件完成，萨尔茨堡人精巧的手工和超前的智慧在这里得到了最完美的展示。

亮泉宫大殿前的广场不仅是昔日大主教举行节庆盛典的地方，也是今天人们举办各种庆祝活动的理想场所。大型的娱乐花园富有情调，位于公园东边的是德语区最早的天岩石舞台，1617年，第一场意大利歌剧正是在这里首演。

地址：Fürstenweg 37

从火车站或市中心乘25路公交车到 Fürstenweg (Hellbrunn) 站

萨尔茨堡奇幻蜡像馆

　　改建后的奇幻蜡像馆于2005年11月24日重新开业，它坐落于粮食胡同七号，您可以在两千四百多平方米的莫扎特时代的古老楼房里零距离地体验这位著名的作曲家和那个时代的辉煌。您将在米拉克（奇幻）博士的陪同下走过令人神往的时间隧道，游览18世纪末的萨尔茨堡。现代化多媒体设备将帮助您忘却现在回到那个历史的年代。除了七十七座栩栩如生的蜡像，还有生动活泼、会说、会动的造型人带您回到真实的过去，在观看手工业者进行工艺创作的同时，您还将发现过去社交活动的秘密。参观过程的高潮将是夜晚女王举办的莫扎特节日的盛大庆典。总之，奇幻蜡像馆一游定会让您对当时的历史和莫扎特时期的人们留下难忘的印象。

地址：Getreidegasse 7

玩具博物馆
Spielzeugmuseum

这里曾经是市民医院，建造于1556－1570年。这座建筑在1898年拆毁，它属于文艺复兴时期的建筑，而现在它的新职责是玩具博物馆和乐器博物馆。

除了由木头、锡、黏土制成的玩具，还有玩具娃娃世界和玩具娃娃房间。新旧铁路利用光学仪器和教学玩具搭建的纸制舞台是博物馆的一个亮点。底层是让人惊叹的各式从巴洛克时期到毕德麦耶尔时期（1815—1848年德国的一种文化艺术流派，被批评有脱离政治和庸俗化的倾向）的工艺美术作品，以及从古代乐器中选出的展品。

地址：Bürgerspitalgasse 2

自然博物馆

Haus der Natur

　　在修道士山下，有个自然博物馆，这里有四层楼，展示来自世界各地的植物、动物以及矿物，其中还包括一个宇宙世界馆，真是其乐无穷！

地址： Museumsplatz 5

海顿博物馆
Michael Haydn Museum

这是一个专业展示世界著名音乐家海顿生平与作品的场所。

地址：St. Peter-Hof

现代博物馆
Museum der Moderne Salzburg

全年展出第二次世界大战后，来自奥地利国内和国际的现当代艺术作品。

地址：Mönchsberg 32（乘坐僧侣山电梯 Mönchsberglift 直接抵达）

萨尔茨堡国际会议中心 *Salzburg Congress*

萨尔茨堡国际会议中心是欧洲最现代化的国际会议举办场所之一，竣工于2001年6月，面积一万五千平方米，建筑风格非常现代化。十五个大小不等的会议厅可以分别容纳二十到一千三百五十人，最大的会议厅欧洲厅舞台设施完善、灯光、音响、吊杆齐全，舞台面积约为一百四十二平方米，有七个同声翻译间，观众席可以容纳一千三百五十人。萨尔茨堡国际会议中心位于著名的米拉贝尔花园后面，邻近火车站，交通便利，并有多路公共交通线路相通。

地址：Salzburg Congress
　　　Auerspergstraße 6
　　　A-5020 Salzburg
电话：(+43)662/88987-0
传真：(+43)662/88987-210
网址：www.salzburgcongress.at

最佳位置的最佳酒店

Mercure
Accor hotels

美可
萨尔茨堡城市酒店
★★★★
Bayerhamerstrasse 14 a
5020 SALZBURG
AUSTRIA

电话: (+43) 662/8814380
传真: (+43) 662/871111411
E-Mail: H0984@accor.com

美可
萨尔茨堡卡谱斯拿山酒店
★★★★
Sterneckstrasse 20
5020 SALZBURG
AUSTRIA

电话: (+43) 662/8820310
传真: (+43) 662/8820319
E-Mail: H5354@accor.com

www.mercure.com
www.accorhotels.com

美可, 这地方很美。

ACCOR

居住&休闲
商品交易中心

BEIM MESSEZENTRUM
CD HOTEL Salzburg

120间配备齐全的舒适套房(沐浴/淋浴,舆洗间,卫星电视,收音机,电话)。休闲区备有桑拿和蒸汽浴。宾馆停车场位于宾馆周围或相邻的商品交易区附近。

酒店特意为从东方远道而来的贵宾提供了丰富多彩的项目:

✠ 具有亚洲特色的健康式自助早餐
✠ 配有中国小吃的自动售货机
✠ 茶水煮沸器（公用）
✠ 亚洲式自助餐馆(应需提供)

Am Messezentrum 2
A-5020 Salzburg

电话: (+43) 662/435546-0
传真: (+43) 662/43951095
E-Mail: salzburg@cdhotels.at
网址: www.tiscover.at/cd-hotel

CD CityArt HOTEL SALZBURG

四星级酒店,坐落于莫扎特之城,设计新颖,建材一流, 色调温暖, 表面由大幅玻璃面组成。它直接坐落于萨尔茨堡市中心。100间新颖客房均备有沐浴/淋浴, 舆洗间, 电吹风,平面电视可收国际频道, 沙发及电话。在113平方米的会议室备有互联网接口, 可实现快速上网。高级酒吧/小吃吧24小时服务!

MEMBER OF
WORLDHOTELS
FIRST CLASS COLLECTION

AMADEUS: WWSZGCAH
GALILEO: WW75021
SABRE: WW46033
WORLDSPAN: WWSZGCA

Sterneckstrasse 21
A-5020 Salzburg

电话: (+43) 662/870408
传真: (+43) 662/871805
E-Mail: salzburg.cityart@cdhotels.at
网址: www.cdhotels.at

酒店也为私人出游及小型团体安排了"诱人套餐"尊重及满足各国来宾的不同需求。

洞穴餐厅

精美食品，葡萄酒坊

杂志酒店内院（非宾馆）

享受世界——餐厅，酒吧，葡萄酒吧 & 饰物家居商场

离老城（市中心）400米的杂志酒店，沉浸在杂志多姿多彩琳琅满目的世界——在特种气氛中享受国际新潮的奥地利式的美味佳肴，品尝地方葡萄酒及酒坊特产或者在休闲之余享受一款酒吧特饮。

凯撒沙拉

建议： 酒店精心为宾客提供了送礼的好主意:大到家居，厨具；小到各类书籍,特产葡萄酒。

营业时间： 周二至周六　10:00-24:00
Augustinergasse 13, A-5020 Salzburg
E-Mail: office@magazin.co.at　网址：www.magazin.co.at
音乐节期间全周七日营业。

magazin:

饰物家居商场

在巴洛克式
萨尔茨堡老
城的印象中
用餐最理想
的露天晒台

（中式团餐需预订）

www.hotelstein.at

steinterrasse
café bar lounge

31

 **萨尔茨堡专业导游
随时为游客提供真诚的服务。**

萨尔茨堡专业导游服务

当游客千里迢迢来到如诗如画带有神秘之感，且被评为
世界文化遗产的萨尔茨堡度假时，一定希望在短暂的时
间里，了解萨尔茨堡真实而又引人入胜的历史、文化、
政治、音乐、艺术、民族风情。

萨尔茨堡专业导游愿意引导游客漫步在新旧城区、游览
名胜古迹，带领游客进入人间天堂，让你尽情享受应有
尽有的文化乐趣。

萨尔茨堡专业导游（中文导游）是经奥地利国家考核并
签约的导游。奥地利法律规定，严禁非法导游。

如果需要服务，可以联系：

 info@salzburg-guide.at

电话：(+43) 662/840406
传真：(+43) 662/840406
手机：(+43) 664/4529908
网址：www.salzburg-guide.at　　www.salzburgguides.at

陈长俊：（CHEN CHEUNG CHUN JACKY）

中国华侨、中文导游。1986年移居奥地利、萨尔茨
堡，现有奥地利国籍。在萨尔茨堡专业导游培训学院
学习，经奥地利国家考核，成为奥地利专业导游。

地址：GETREIDEGASSE 24
　　　A-5020 SALZBURG
　　　AUSTRIA
邮箱：j.chan@gmx.net
电话：(+43) 664/2121036

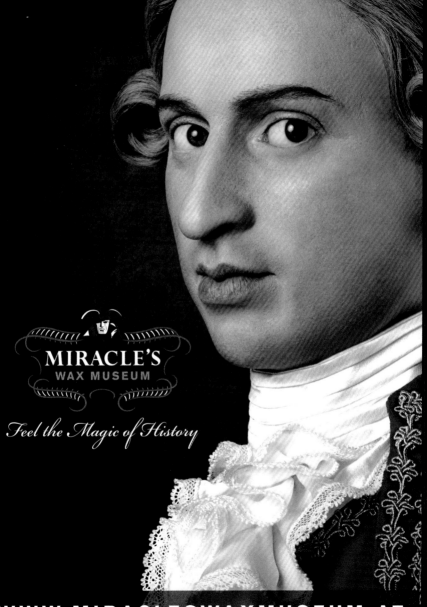

MIRACLE'S
WAX MUSEUM

Feel the Magic of History

WWW.MIRACLESWAXMUSEUM.AT

2 有人说萨尔茨堡拥有世界上最精致的手工艺、最地道的奥地利美食、最浪漫的购物环境以及最淳朴的民风，可是如果不亲身体验一次，你绝对不能体会到这些话的真正含义。

Das Einkaufsparadies

浪漫的购物天堂

　　美丽的风景，举世无双、历史悠久的老城以及超过四百家服务一流的特色商店，使萨尔茨堡成为愉快购物与浪漫观光的最佳选择。在这里购物你不仅可以欣赏到百年老店的建筑和品味大教堂的历史氛围，更可以体会传统商品乃至带有古罗马特色的商品以及最前卫时尚商品的双重诱惑力。无论是萨尔茨堡款式的传统服装、世界著名设计师的新款时装，还是各种莫扎特纪念品、精美的珠宝、馥郁的干花，或是可口的甜品等等，都能让你爱不释手、满载而归。

　　萨尔茨堡的主要商业区分布在市中心的老城，萨尔茨河的两岸。其中包括粮食胡同、艺术节音乐厅、莫扎特广场、老市场、马卡特广场和米拉贝尔广场等。

　　粮食胡同这个号称"奥地利最漂亮的购物中心"的地方，是萨尔茨堡步行和购物最舒适雅致的街道。现存最古老的楼房二十一号要追溯到1258年，漫步在这里，二十一号留下的中世纪的典雅与浪漫风情一定会给你留下深刻的印象。粮食胡同几乎所有的商号都由享誉世界的铁艺招牌点缀着。古典的铁制镂花招牌，风格各异的店铺，琳琅满目的商品，干净整洁的门面和充满乡情的后院，还有各种艺术家的表演，常常令人流连忘返。特别值得一提的是，在粮食胡同的那些具有民族特色的手工艺术中，一项用金线编织的手工艺术至今已有千年的历史。

　　沿着弯弯曲曲的小巷漫步，你会在不经意间发现许多精致的商店，它们会让名贵珠宝和古董的爱好者们感到欣喜。另外，这里的书籍和音像制品也非常有名。浪漫而狭窄的小巷围绕着宏伟而庄严的建筑，在这样一个独特的环境中，购物就成了一种特别的享受。这里有很多东西让你去发现，传统的萨尔茨堡服装和来自欧洲其他时尚都市的古怪作品相互竞争。你会被闪闪发亮的珠宝所吸引，又会被香甜可口的莫扎特糖球所吸引。

所以如果你想要带点礼物给家人或朋友，一定会犹豫不决的！

萨尔茨堡最著名的可食用纪念品要数"莫扎特糖球"了。它深受世界各地巧克力迷们的喜爱，是绝对值得购买的。

芬芳的干花束是萨尔茨堡最典型的礼物之一，是用肉桂、干丁香花苞、果仁和其他香料装饰而成，不仅会带来视觉上的享受，同时还会令你的居室有持续的芳香。

此外，萨尔茨堡传统的民族服饰也非常有特色，很受欢迎，最具历史和特色的民族服饰店Jahn Markl有六百多年的历史，位于Churfürststrasse上。

还有萨尔茨堡艺术工匠们技术精湛的乡村手工艺品、古朴大方的乡村家具、迷人的镀金玻璃工艺、有着精美花纹的盒子、陶器、白蜡以及可爱的圣诞树装饰品，无论哪件都会令你心动不已！

购物小贴士：

游客在离开欧洲联盟15国时，可以取回在其中任何一个国家购物时所交纳的增值税（VAT）。可在每次购物后索要退税发票（Tax Free），但奥地利大部分商店要求一次性购物75欧元以上才开具退税发票，而且所购物品税率也不相同。

萨尔茨堡集中了欧洲传统咖啡馆和顶级饭店，也就是说，在数量并不繁多的萨尔茨堡餐馆和咖啡店中，游客能够找到各种风味的食品。在众多的小餐厅里，能够品尝到萨尔茨堡的传统美食；在星级宾馆的餐馆里，可以找到世界各国的特色风味菜；而更多的游客则对经典的奥地利甜品难以忘怀，在吃完后，不少游客都会带上莫扎特巧克力作为纪念。

克里木佩尔餐厅（Krimpelstätter）

此地离老城不远，具有16世纪小旅馆的氛围。有正宗奥地利菜、奥古斯丁啤酒。给顾客设露天座位。

地址： Müllner Hauptstr. 31, 周一休息

猫头鹰餐馆（Zum Eulenspiegel）

位于莫扎特住屋对面，很有特色，需要订座。可向讲英语的服务员咨询奥地利特色菜及美味的鱼菜。

地址： Hagenauerplatz 2

奥古斯丁啤酒屋（Augustinerbräu）

奥古斯丁啤酒屋是欧洲最大的酒窖之一，也是慕尼黑啤酒房在萨尔茨堡的翻版，坐落于圣奥古斯丁大教堂旁边。在餐厅又长又黑的木椅上你可以来上一大杯奥古斯丁啤酒，菜单包括沙拉、面包、面粉糕饼以及香肠和叉烤鸡肉。

地址： Augustinergasse

路边摊的烤香肠（Würstelstand）

对于想节省时间多看景点的游客来说，快速就餐的好办法是在一些广场或路边搭起的小屋里购买特色烤香肠。

Oper & Kaffee
歌剧·咖啡

　　到萨尔茨堡你一定要看歌剧或者听音
乐会，然后趁着自己意犹未尽之时，直接
就去旁边的老咖啡馆喝上一杯。这一直是
萨尔茨堡人看完歌剧后的常规节目，据说
不少著名音乐家在音乐会开场前都会到这
些百年老店喝上一杯。

Paul Fürst

由"莫扎特糖球"引发的故事

"莫扎特糖球"是萨尔茨堡最有特色的纪念品，它的中心部分是杏仁糖，中间一层是奶油，最外面一层是高级纯黑巧克力，口感爽滑，让人意犹未尽。

在市中心两个小广场中间的一条走道上，有一个不到十平方米专营甜点的铺面，里面的布置既简朴又古雅，这就是鼎鼎大名的"莫扎特糖球"老店。

1891年，住在萨尔茨堡已经6年多的点心大师保罗·福尔斯特发明了一种有馅的巧克力球，为了纪念音乐巨匠莫扎特逝世100周年，把它命名为"莫扎特球"。这种莫扎特球的新奇之处是它球状的外形和复杂的同心球形制造工艺：绿色的杏仁膏被软滑的杏仁奶糖包着，插在小木棍上，并浸入黑色的巧克力浆中，然后放在模具中硬化。完成以上步骤后，取出小木棍然后用巧克力把小洞封好。1905年，福尔斯特的这项产品在巴黎世界博览会上获得金奖。从那时开始，已经有其他的萨尔茨堡甜点店模仿这种莫扎特球。保罗·福尔斯特没有对产品及其包装商标申请法律保护。在第一次世界大战前已经有糖果生产厂家进行批量生产，而在二战后更达到百万颗产量的水平，真正使萨尔茨堡的这个特色食品世界闻名。最终，生产莫扎特球的甜点店发生了萨尔茨堡原创版权之争。开始是奥地利公司之间的竞争，后来发展成奥地利和德国巴伐利亚地区的经济争端，一直延续到欧共体时期。争执不单牵涉配方，还包括独家经销权，出口权，包装的形式和颜色，还有"莫扎特球"的标签，以及附加"真正的""原创的"和"萨尔茨堡"的字样。最终，莫扎特球创始人的曾孙罗伯特·福尔斯特在这场版权大战中获得胜利。1996年，他与某著名生产商第三次对簿公堂并赢得该官司，从此他成为唯一一家能够在其产品上打上"原创萨尔茨堡莫扎特球"标签的生产商。

现在萨尔茨堡有两种糖球：一种是金色糖纸，印着彩色的莫扎特头像，糖球是用现代化技术制作的；另一种是银色糖纸，印着蓝色的莫扎特头像，就是福尔斯特家族百年不变的老牌糖球，是由传统手工制作的。其实无论是金色还是银色，莫扎特糖球都是来萨尔茨堡最甜蜜的纪念。

Straßenszenen

街头艺人

　　萨尔茨堡的街头充满了艺术气息，街头艺人随处可见，有的街头艺人拿着乐器演奏音乐，有的化装成各种不同的装束，给游客带来无穷的乐趣，体现出这个艺术之城的特色。

Casino
博彩

克勒斯海姆这座巴洛克式的宫殿建造于1700-1709年。1921年起归萨尔茨堡州政府所有，现在这个富丽的宫殿是当地最有名的赌场。

地址： Schloss Klessheim

all information
for your
destination

Salzburger Nachrichten
www.salzburg.com

体验一下欧洲茶的世界——草本植物及果茶。
如果您付款时手持这份广告,可享受10%的折扣!

Information: **www.tee.co.at**

KRAUTER & TEEHANDEL - VERSAND

TEA & Co

Salzburg Griesgasse 7
Universitätsplatz 11
www.tee.co.at

have a nice day!

Jahn-Markl

Ältestes Spezialhaus
für Wildlederbekleidung
und Trachten
seit 1408

Specialist dealer of long standing
for suede and traditional
Austrian clothing
since 1408

地址: Residenzplatz 3, 5020 Salzburg

3 既然有了莫扎特、《平安夜》、卡拉扬、特拉普和玛利娅这些令世人耳熟能详的名字，萨尔茨堡人可以很骄傲地说，萨尔茨堡艺术节历史悠久，她有当之无愧、闻名遐迩的艺术节。

莫扎特——天赐的神童

在狭窄的粮食胡同中间地段的一个小广场边上，有一栋六层高的楼房。沃尔夫冈·阿玛迪斯·莫扎特就出生在这里。他名字中的"阿玛迪斯"意为"神的宠儿"。确实，神给予他无比的音乐天赋，在尘世间停留的短暂时间里，他创作了无数的音乐作品，他的音乐二百多年来一直广为传奏，不断被赋予新的时代意义，抚慰了世人的心灵。

尽管莫扎特的一生充满坎坷和艰辛，但他为我们留下了许多伟大的音乐作品，他的音乐始终给人带来的是最真实的美。他的音乐充满了生命力与幸福感，轻松自然，乐观纯净，直接触动人内心深处的本性。面对人生的起伏，莫扎特一直认为逆境很快就会过去，即使贫病交加时，他创作的音乐仍然保持宽容向上，没有怨天尤人或自怜自艾的味道。著名的作家罗曼·罗兰曾经如此评价莫扎特和他的音乐："他的音乐是生活的画像，但那是美化了的生活。旋律尽管是精神的反映，但它必须取悦于精神，而不伤及肉体或损害听觉。所以，在莫扎特那里，音乐是生活和谐的表达。不仅他的歌剧，而且他所有的作品都是如此。他的音乐，无论看起来如何，总是指向心灵而非智力，并且始终在表达情感或激情，但绝无令人不快或唐突的激情。"这也代表了大家对这位音乐巨匠的崇拜和敬仰！

今天，虽然时间已经过去了两百多年，但莫扎特的音乐作品依然是流行的经典。毫无疑问，莫扎特用自己的音乐语言穿越了时空，它将一直震撼着每个人的心灵！

富足而又贫穷的莫扎特

　　作为一位自由创作艺术家，莫扎特没有固定的收入，所以他一直在富足与贫穷之间徘徊。每当拿到皇宫举行公开音乐研讨和音乐会不菲的报酬时，莫扎特便大手大脚。而一旦这笔钱耗尽，为了生活，莫扎特就开始写信给朋友借钱，甚至当铺也成了他常去的地方，放高利贷的债主有时也会成为他的救星。

　　其实，成年后的莫扎特年收入大约是两千到六千盾，这位作曲家完全可以过着比较富足的生活，然而莫扎特总是缺钱。许多人把他的困境归咎于缺乏理财能力。因为在儿童时代，他父亲利奥波德打理着家中的大小事务和财政。由于一直是父亲管理财务，致使成年后独立生活的莫扎特基本没有理财能力。

　　而莫扎特同时也是第一批不靠一个教堂或宫廷的职位，而靠自己辛苦地自由创作和表演挣钱的音乐家中的一个。没有固定的收入，可他必须养活一家人，这使得他的经济状况常常入不敷出，生活总是没有保障。为了能收点学费，他真希望每个学生都来他这儿上音乐课。他每星期在自己房间里开室内音乐会。为此，他创作了一些人们从未写过的最好听的奏鸣曲、四重奏和三重奏。在别的时候，他就租一个音乐厅，雇一个管弦乐队为热切地预订票的维也纳贵族老爷和夫人们演出他最新创作的交响曲。正如父亲所料，二十六岁的莫扎特成家之后，生活非常贫困。有了子女之后，更是负担沉重，全家生活毫无保障。为了改变这种处境，莫扎特经常饿着肚子，拖着疲惫的身躯举行长时间、超负荷的音乐演奏会，以便挣钱养家。为了婚姻，他和最敬爱的父亲几乎决裂，至死没有完全恢复感情。而婚后的生活又是无穷无尽的烦恼：九年之中搬了十二次家，生了六个孩子，夭折了四个。妻子产前产后老是闹病，需要名贵的药品，需要到巴登温泉去疗养。分娩以前要准备迎接婴儿，接着又往往要准备埋葬。虽然妻子天性乐观，她常常给孩子们讲各种有意思的故事，给家庭生活增添了无限的乐趣。但她并非天生的贤妻良母，她花钱大方没有节制，喜欢混迹在上流社会的交际圈里，这也是他们婚后经济情况一直很混乱的原因之一。

另一方面莫扎特的收入与他的健康状况和创作能力直接相关。18世纪80年代后期，他本人的健康水平日益下降，同时还要坚持照顾生病的妻子，财政状况越加拮据。莫扎特死后留下的遗产是五百盾，却欠着鞋匠、裁缝、药店三千盾的债务。而家里的六十盾现金只能够办一个三等的葬礼。

就在这样富足与贫穷交替出现的生活中，莫扎特还是不断地创作。贫穷、疾病、妒忌、倾轧，日常生活中一切琐碎的困扰都不能使他消沉；乐天的心情一丝一毫都没受到损害。莫扎特的音乐常常被人们称做"永恒的阳光"，因为他的音乐即使在表现痛苦和悲伤时，也似乎含有天真纯洁的微笑。后世的人单听他的音乐，万万想象不出他的遭遇而只能认识他的心灵——多么明智、多么高贵、多么纯洁的心灵！音乐史家都说莫扎特的作品所反映的不是他的生活，而是他的灵魂。是的，他从来不把艺术作为反抗的工具，而只用来表现他的忍耐与天使般的温柔，并以此抚慰别人的心灵。

莫扎特与他生命中的挚爱红颜

　　除了挚爱的音乐以外，在莫扎特的心灵占据过重要位置的女性并不多。这些他生命中的挚爱红颜陪伴他走过了生命的旅程并激发了他的创作灵感。比如他的女学生 Anna Gottlieb 由始至终一直崇拜他、忠实于他，所以 Anna　Gottlieb 也最终成为他创作的《魔笛》中 Pamina的原型。除了他的母亲和姐姐之外，他和他的"Stanzerl"保持了九年极为愉快的关系。作为女性朋友和女性资助人，则有维也纳的 Baronin Waldsten 和布拉格的 Josepha Duschek。

　　母亲玛利亚·安娜·莫扎特是莫扎特生命中非常重要的一个女人，她的言行举止都对莫扎特有很大的影响，她出生于沃尔夫冈湖边的圣吉尔根小镇。1747年她与作曲家利奥波德·莫扎特完婚，并生育了七个孩子，但只有两个孩子活了下来，也就是莫扎特和他的姐姐。莫扎特的母亲很活泼，喜欢交际，跟周围的人相处非常融洽。1777年她和儿子一起去巴黎，途经慕尼黑、奥哥斯堡、曼海姆。这趟旅途中她病得很重，并于1778年7月去世。

　　姐姐是莫扎特生命中最温柔体贴的女人。安娜·玛利亚·娜奈尔·莫扎特比弟弟莫扎特年长四岁，她是一位天生的钢琴演奏家，小时候就曾经和家人一起周游欧洲。她和弟弟的感情非常好，害羞而且内向，懂得关心照顾弟弟和爸爸。她是典型的柔美女性，在生活上给予家人无微不至的关怀和照顾。三十三岁时她和法官 Johann Baptist Franz Von Berchtold 结婚。从那时开始，她住进圣吉尔根市她母亲出生的房子，并生育了三个孩子。1801年她丈夫去世后，她搬回萨尔茨堡，并担任钢琴教师以谋生。

　　表妹玛利亚·安娜·特克拉·莫扎特（1758－1841）。莫扎特和表妹有一段不羁的、奔放的友情。莫扎特给她写了一系列书信，这批书信现在还有九封保存下来。

　　巴黎之旅之后，当莫扎特忧心忡忡返回萨尔茨堡的时候，其表妹就陪伴左右。他们之间的感情根本无法被世人甚至他们自己所接受，那也许仅仅是莫扎特一个无法实现的梦想而已！

　　妻子康斯坦泽·莫扎特是莫扎特深爱的女人。1782年莫扎特选择和康斯坦泽结婚，他们俩度过了一段愉快却又短暂的婚姻生活。康斯坦泽适应她丈夫的情感世界和生活方式，可她不是文静体贴的家庭主妇，她根本管不住自己。她懂得娱乐，而且花钱大方，莫扎特婚后比之前任何时候都要努力工作，就是因为她的大手大脚。康斯坦泽支持莫扎特作曲的方式是晚上给他炮制宾治酒和讲故事，莫扎特每天早上起床后会给妻子一个温柔的问候，只要有可能，他们都会一起旅行。在他们俩婚姻生活的最后一年，康斯坦泽因为生孩子的缘故变得很虚弱，这个时候，莫扎特才一个人外出。莫扎特去世后，1809年康斯坦泽和丹麦大使馆的尼森结婚，尼森是热诚的莫扎特迷，写了关于莫扎特的第一部传记。尼森去世后，康斯坦泽继续住在萨尔茨堡，她于1829年去世。康斯坦泽不遗余力地出版莫扎特的音乐作品，为后人保存了莫扎特宝贵的音乐财富。

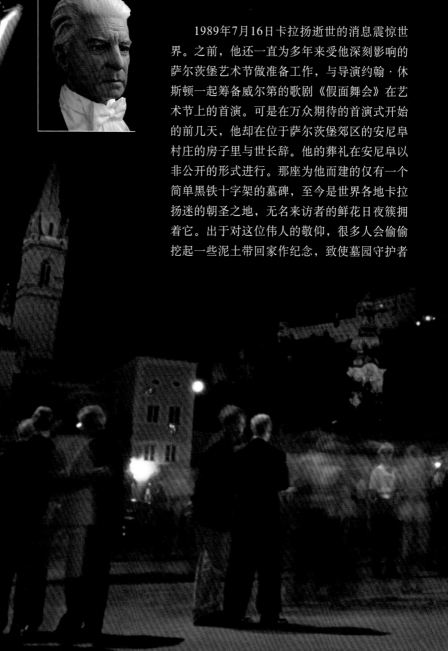

卡拉扬
一个音乐的完美主义者

　　1989年7月16日卡拉扬逝世的消息震惊世界。之前，他还一直为多年来受他深刻影响的萨尔茨堡艺术节做准备工作，与导演约翰·休斯顿一起筹备威尔第的歌剧《假面舞会》在艺术节上的首演。可是在万众期待的首演式开始的前几天，他却在位于萨尔茨堡郊区的安尼阜村庄的房子里与世长辞。他的葬礼在安尼阜以非公开的形式进行。那座为他而建的仅有一个简单黑铁十字架的墓碑，至今是世界各地卡拉扬迷的朝圣之地，无名来访者的鲜花日夜簇拥着它。出于对这位伟人的敬仰，很多人会偷偷挖起一些泥土带回家作纪念，致使墓园守护者不得不经常往墓地补充泥土。墓园前的一座卡拉扬的半身雕塑是安尼阜居民对这位伟人永远的缅怀。

　　赫伯特·冯·卡拉扬于1908年4月15日出生于盐河边上的一座楼房内，这座楼房位于马卡特桥北端，目前是奥地利农业银行的办公场所。前院内有一座真人大小的卡拉扬铜像，这是女雕塑家安娜·高美多年前的作品。

　　卡拉扬这位有着特殊崇高地位的指挥家，他惊人的指挥技巧，与乐队的配合水乳交融，通过热情洋溢、奔放豪迈的演奏，将音乐准确而强有力地传达给听众。他擅长在忠实于原作的基础上，对作品进行精雕细琢、巧妙布局，甚至适度夸张，而这一切都围绕着塑造完美的音乐形象而进行。卡拉扬一生共指挥录制了六百五十多种唱片，仅录制贝多芬全部交响曲的唱片，就销售了七千多万张。他在晚年达到了指挥艺术的最高峰。他的一生与其出生地萨尔茨堡结下不解之缘，并在十多年内以他的方式形成甚至统治了这个莫扎特之城的文化生活。

　　在没有时间界限的音乐国度，卡拉扬不但前无古人地给音乐界留下深深的烙印，他还推动了音乐资料编制的发展。他不是自大虚荣，他一心只想把最美好的东西留给大家与世人一起分享。在卡拉扬人生的最后几年里，有着好奇心与充沛精力的卡拉扬热衷于为世人储存与编制音乐艺术作品，同时也为世人留下了无数宝贵的音乐资料。

　　卡拉扬是世界的音乐丰碑，让唱片

公司受益匪浅，使其CD再版总量已经数不胜数，现在的古典音乐购买者依然不假思索地选择印有"卡拉扬"字样的产品。人们确信卡拉扬的唱片录音代表着最高水准，即使这些唱片已经是多年以前灌录的了。他的歌剧录音至今仍然无懈可击，许多伟大的浪漫交响乐也是他的拿手好戏。卡拉扬以豪华的音效录制了许多管弦乐音乐作品，时至今日仍然难以超越的制作。悠扬悦耳加上精确把握，强烈的韵律和动感挥之不去。而最重要的是他那种对最佳效果的直觉和坚定不移的风格——这成了卡拉扬的商标。这位完美主义者至今仍然是众多指挥家模仿的范例。

卡拉扬在萨尔茨堡有众多狂热的崇拜者，许多书籍是在他去世后出版的，而卡拉扬的音乐录音是唱片收藏者们志在必得的，其中包括莫扎特的歌剧，而特别的是理查德·施特劳斯和理查德·瓦格纳的歌剧——卡拉扬本人甚至亲自为这些歌剧进行舞台设计。无怪乎卡拉扬的古典音乐CD历年来最为畅销。其中一张著名的唱片，威尔第的《四季》，是与青年天才小提琴手安妮-索菲亚·穆特合作的。和目前古典音乐界许多超级明星一样，安妮-索菲亚·穆特也是卡拉扬这位眼光独到的伯乐所发现的。

《音乐之声》

　　我们这辈人，多半是听着那首经典的电影歌曲《Do-Re-Mi》长大的。小时候，我在《Do-Re-Mi》的美妙旋律伴奏中跳舞歌唱，长大后那首《Do-Re-Mi》仍然令我备感亲切，每当那熟悉的旋律在耳边响起的时候，我总是会不经意地跟着唱。所以，《音乐之声》的故乡——萨尔茨堡，虽然曾经一度离我很遥远，但我从来就不觉得陌生。因为在我来到这个充满音乐氛围的城市之前，它早已无数次出现在我的梦中……

　　置身于这座欧洲的古城里，流淌在空气中的音乐分子，将一幅幅梦中熟悉的画面带到我的眼前。

　　官邸广场恰好是老城区的中心。来到这里，一边想象着电影《音乐之声》中女主角玛利娅在第一次去男爵家的路上唱着《我充满信心》时忐忑不安的心情，一边聆听着广场东侧钟塔里由三十五个大小钟铃奏出的以莫扎特、舒伯特和海顿音乐为主的美妙钟声，记忆中零

碎的片段在此时慢慢地拼接。

对称式独特设计的米拉贝尔花园建造于18世纪。花园中央是一座大型喷泉，四周有许多希腊神话中人物的雕像。看着这些栩栩如生的雕像，我就情不自禁地回想起电影中玛利娅和孩子们在花园里围绕着这座喷泉跳舞，欢快地唱着《Do-Re-Mi》的场景。

来到岩石骑术学校（如今已经成为萨尔茨堡艺术节的剧场之一）。置身其中，脑海中再次浮现出电影中特拉普男爵在这儿演唱《雪绒花》，他的家人在台后准备逃跑的一幕，感同身受地体会到当时的情景，并深深为他们一家人祝福！这部影片于1965年首次上映，成为电影史上最成功的影片之一（获得10项奥斯卡奖），罗伯特·维瑟任导演。这部影片以50年代德国电影《特拉普一家》脚本为基础，从脚本中吸取了音乐剧的元素（曾经在百老汇成功上演了1500次，6次获得托尼奖）。歌词由奥斯卡·哈默斯坦撰写，作曲理查德·罗德格。

当我转身离开的时候，不远处传来了一阵不疾不徐、扣人心弦的莫扎特小夜曲的乐声，我突然释怀：音乐在这个美丽古老的城市无处不在，萨尔茨堡的城市气质里处处流淌着一份优雅的音乐情结，只有置身其中，才能真正体会萨尔茨堡的音乐精髓。

Sound of Music
美丽的音乐之声外景地

官邸广场 (Residenzplatz)

官邸广场是城里最大的广场，它坐落于公爵大主教新、旧官邸的中间。在官邸广场上矗立着一座十五米高的喷泉，此喷泉建造于1656—1661年之间，堪称在意大利本土之外最美丽也最伟大的巴洛克式喷泉作品之一。喷泉四周的壁石上围绕着四匹喷水的海骏马，一旁有三位巨人肩托着硕大的石盘，喷泉的最上层喷出高高的水柱。在电影《音乐之声》中

玛利娅从修女山第一次去特拉普别墅的路上穿过官邸广场。她在喷水前，边向喷泉的马上泼水，边唱着《我充满信心》的歌曲。

米拉贝尔宫殿及其花园 (Schloss Mirabell und Mirabellgarten)

米拉贝尔花园建造于1606年，典型的巴洛克式公园。大主教沃尔夫·迪特里希为了他的情妇Salome Alt而建，取名乐宫Altenau。花园中间喷水池的周围，有四座雕像；这四座雕像分别代表了四种不同的天然元素：风、土、水、火。在喷水池的右手边，有一间巴洛克博物馆(Barockmuseum)，这里展出17、18世纪的艺术作品。这座浪漫的花园，曾经是电影《音乐之声》的外景地。而米拉贝尔宫殿现在则是萨尔茨堡市政府所在地。这里的大理石阶梯上淘气的小天使是非常有名的婚礼拍照地点。华丽的大理石大厅成为今天世界上最美丽的婚礼大厅之一，来自世界各地的情侣到此举行婚礼，他们希望"感受一下中古时代的婚礼马车、鲜花、音乐，加上正宗的莫扎特巧克力"。

地址：Mirabellplatz

岩石骑术学校剧场 （Felsenreitschule）

1693年大主教图恩建造这所岩石骑术学校，并在这里举行骑术比赛。有三百多年历史的岩石骑术学校如今已经成为萨尔茨堡艺术节的剧场之一。电影中参加歌唱队比赛的地方，特拉普男爵曾在逃亡之前唱起了《雪绒花》。

地址：Hofstallgasse

圣彼得墓地 （Petersfriedhof）

它被人们称做世界上最美丽的墓地，这里也是萨尔茨堡最古老的墓地，埋葬着本地许多有名的人物，这其中有娜奈尔·莫扎特（莫扎特的姐姐），米歇尔·海顿（音乐家，约瑟夫·海顿 的弟弟），卡拉扬的老师、大主教堂建筑师圣丁诺·索拉利等等。关于这座墓地，著名的萨尔茨堡诗人乔克·特拉克写下了如下的诗句："天空对着这凝固了梦想的花园静静地微笑。"《音乐之声》中特拉普一家逃避追捕，就躲在墓碑后面。

地址：St.-Peter-Bezirk

修女山修道院 （Stift Nonnberg）

修女山修道院是阿尔卑斯山北部地区最古老的女修道院，从714年建成以来一直保存到现在。它曾经历过几次火灾，之后被当时的统治者重建。最后一次重建于16世纪初期。哥特式教堂的内部，值得观赏有雕刻家维特建造的木制哥特式祭坛。电影《音乐之声》里实习生玛利娅做修女的地方，在影片里频繁出现。

地址：Nonnberg

安尼阜宫殿（Schloss Anif）

风景如画的水上宫殿建筑于16世纪，新哥特式风格。是当时大主教依姆基的避暑宫。现在是私人场所，不对游客开放。在《音乐之声》开幕的场景中可以看到这座护城河环绕的城堡。

雷奥坡斯考宫（Schloss Leopoldskron）

这是萨尔茨堡地区最美的洛可可式建筑。它建于1731年。曾经是大主教菲米安一家的住宅。1837年被菲米安出售，几经易主，现在归萨尔茨堡美国学术研讨会私有。电影《音乐之声》中的特拉普别墅，玛利娅和男爵曾经在这里开鸡尾酒会，他们也曾在阳台上翩翩起舞。

霍亨维芬城堡（Burg Hohenwerfen）

这是萨尔茨古堡的姐妹城堡，建于1077年，是与萨尔茨堡古城堡同年建造的。距离萨尔茨堡市四十五公里。农民起义时这里曾毁坏，于16世纪时重建。当游客参观此城堡时，可以欣赏到其壮观的武器展览室及驯鹰博物馆，而且还可以观赏到鹰科鸟类精彩的表演。是电影《音乐之声》中歌曲《Do-Re-Mi》的背景，风景如画。

月亮湖（Mondsee）

最有特点的是位于市中心广场上的月亮湖教堂，这是一座巴洛克时期洛可可式哥特后期的捐赠教堂（1470-1487），它是上奥地利州历史较悠久的教堂。这里面让人印象最深刻的就是栩栩如生的耶稣雕像。在《音乐之声》中的鸟瞰镜头：玛利娅穿过丘陵来到修道院。

富舍尔湖畔 (Fuschl am Fuschlsee)

在这里，游客可以享受各式的水上运动，很适合远足，到了冬季，四周的群山吸引了来自世界各地的滑雪爱好者。这里是最受欢迎的度假圣地，在一座半岛上矗立着的皇宫，过去这里一直是侯爵大主教和贵族的狩猎宫。也曾经是电影《茜茜公主》的外景拍摄地。现在这里是别具特色的五星级旅馆。在电影《音乐之声》中开始场景——鸟瞰镜头。

圣吉尔根 (St.Gilgen am Wolfgangsee)

这里风景如画，是适合湖边漫步、游泳的地方。这里景点很多、住宿设备完善，还可以直接乘缆车到山顶，从山顶向下欣赏圣吉尔根的全景。这里还是莫扎特母亲的出生地，这栋她出生时的房子目前是展览莫扎特文物的博物馆。莫扎特的姐姐娜奈尔也曾在这个小镇居住过，莫扎特的外公那时正是这个地区的首长和法官。朝湖的方向往下走，在市政厅的前面，有一座小提琴的雕像，这把小提琴是莫扎特少年时代用过的。在这里，房屋的阳台都摆满了五彩的花卉。电影中开始场景。

圣沃尔夫冈 （St.Wolfgang）

　　这里冬、夏旅游皆宜，夏季在这里钓鱼、游泳，冬季到这里滑雪，到圣沃尔夫冈必看的是背后的那座沙夫山（海拔1783米），山顶上是一个三百六十度的大瞭望台，能看到很多湖泊，建议在一个晴朗的天气去登山，山顶有旅馆可以住宿。这里还具有非常浓厚的艺术气氛。世界各地的游客慕名而来参观游览。如果你想到圣沃尔夫冈湖山顶，可选择步行或搭乘齿轮小火车，到达山顶后，四周的风景让你印象深刻，俯视整个阿尔卑斯山脉无数个山峰，大好风景尽收眼底。电影《音乐之声》中开始的场景。

萨尔茨堡艺术节

已经有八十多年历史的萨尔茨堡艺术节，每年夏季的7月下旬至8月底举行，闻名世界。全世界的知名乐团、指挥家、声乐家和话剧团，云集在莫扎特的故乡萨尔茨堡，参加萨尔茨堡艺术节的演出。这里既有超大舞台的现代剧院，也有三百多年历史的岩石骑术学校剧场。历史上这些庭院均属于公爵、主教们的马厩，而时至今日，这里已经成为举行音乐会及演唱歌剧的音乐厅与剧院了。

公认的艺术节区在僧侣山脚下，这里坐落着1924—1926期间建起的艺术节小剧院和1960年建成的艺术节大剧院。而骑术学校则于1693年设计建成。

1960年艺术节大剧院的落成典礼由卡拉扬主持。大剧院共有两千多个座位，均有良好的视野。这里主要上演歌剧和大型音乐会。主舞台的正面能在十四至三十米之间伸缩。艺术节小剧院有一千三百多个座位和六十个站位，最初是在1924年临时搭建并经过多次改建，最后一次改动是在1963年。骑术学校是在三百年前为大主教的骑兵训练而建的，大堂内展示了七百多平方米的壁画，内容都是关于骑术的。1926年，萨尔茨堡艺术节迁到这里，这个露天剧院很适合上演歌剧、音乐会和话剧，拥有一千五百多个座位，顶棚是可开合的。

地址： Hofstallgasse，Felsenreitschule

Salzburger Marionettentheater

萨尔茨堡木偶剧院

木偶剧院位于莫扎特音乐学院旁，举世瞩目。这里每天都上演着莫扎特不同的曲目，如歌剧《费加罗的婚礼》《唐璜》《魔笛》，天天座无虚席。到萨尔茨堡，建议你一定要看木偶戏。那里的气氛很好，为了让小孩子可以看到舞台，服务员还把垫子给你放到座位上，服务非常周到。木偶看起来很小，但其实也有一米多高。萨尔茨堡这种传统的木偶剧是很高雅的艺术。

地址：Schwarzstraße 24
网址：www.marionetten.at

萨尔茨堡-世界的舞台

这座莫扎特之城在每个季节都会展现出它最美的一面。这迷人的巴洛克之城全年无休向各国来宾提供叹为观止的美景,世界名胜及数不胜数的顶级文化节。萨尔茨堡是举世闻名的音乐之都;至今有两位世界著名的音乐家出生于此地。来欧洲参观的来宾们切莫错过萨尔茨堡。《音乐之声》,正是它令成千上万的人们领略到这座城市独一无二的浪漫和魅力。广大的影迷朋友们可以借此机会循着影片的足迹亲临拍摄现场,体会一下身临其境的感觉。

是走上世界舞台的时刻了!

cn.salzburg.info
TOURISMUS SALZBURG GMBH Salzburg Information
Auerspergstrasse 6 A-5020 Salzburg
电话: (+43) 662/88987-0 传真: (+43) 662/88987-32
E-Mail: tourist@salzburg.info

SALZBURG
世 界 的 舞 台

the art of life

The stage of the world

www.salzburgerland.com.cn

萨 尔 茨 堡 州
人 间 天 堂

Cultours Europe

欧洲的典范

巡回演出 & 合唱 & 欧洲管弦乐队
从音乐家到音乐家

音乐和歌剧巡回演出
奥地利，德国，瑞士，意大利，
法国，英国，捷克，匈牙利，波兰及北欧各国

圣诞市场巡回展览
在欧洲美丽的城市

世界文化展
华丽堂皇的欧洲

CULTOURS EUROPE

Performing & Cultural Tours
Höglwörthweg 10/4, A-5020 Salzburg

电话: (+43) 662/821310
传真: (+43) 662/821310 - 40
E-mail: office@cultours.at
网址: www.cultours.at

cultours
europe

performing & cultural tours

THE **SOUND**
OF **SALZBURG**
DINNER **SHOW**

THE NEW **SOUND** OF **MUSIC**
EVENT Gmbh
PRESENTS

With the best of "SOUND OF MUSIC"
and more which made Salzburg famous...
reservation@soundofsalzburgshow.com · Hotline: +43/662/826617
www.soundofsalzburgshow.com

78

实力旅游服务公司（POWER TRAVEL SERVICES）创立于1997年，最初以欧洲和独联体市场为主。

多年以来实力旅游服务公司一直健康稳定地发展。目前PTS的总部设在世界有名的旅游城市萨尔茨堡，并且在维也纳建立了分公司，在莫斯科设办事处。

一直以来，实力旅游服务公司致力于灵活以及个性化地处理每个项目，确保合作伙伴获得利益和成功。这些正是PTS成功的重要因素。

实力旅游服务公司的可靠性和创新意识在业界享有良好声誉。他们以具有竞争力的价格提供高水准的服务，帮助许多合作伙伴获得业务上的成功。

产品与服务

· 奥地利及欧洲观光团队以及自由行旅游项目，可提供交通、酒店、导游等各种服务
· 温泉及休闲假日
· 高尔夫球及其他特别项目
· 商务旅行及各种量身订做的奖励项目
· 购物团队
· 奥地利湖区游船
· 奥地利任何著名的滑雪胜地，适合VIP、个人及团队旅游
· 欧洲观光团队以及自由行旅游项目
· 健康及美容旅游项目

HEAD OFFICE AUSTRIA
PARACELSUSSTR. 4, 5020 SALZBURG / AUSTRIA
电话: (+43) 662/629167-0　传真: (+43) 662/6291674
E-MAIL: PTS @ POWERTRAVEL.AT
网址: WWW.POWERTRAVEL.AT
REGISTRATION FN182717B
ATU / UID NO.: 47719802

4 庄严肃穆的教堂、悠久
的历史、淳朴的人们和
古老传统的民间节日，
带给你的是最真实的快乐感受！

萨尔茨堡建筑
Salzburg Architektur

萨尔茨堡大教堂（Salzburger Dom）

因为由大主教主宰了上千年，城市里为数众多的教堂，修道院，宫殿无一不在体现昔日大主教的权势。因此萨尔茨堡大教堂成了城中最重要的建筑物之一，它是萨尔茨堡建筑历史上的一个里程碑，它以其雄伟的立面和巨大的圆形屋顶体现了阿尔卑斯山麓早期巴洛克式雄伟建筑的风格。自落成之日起，它就与教廷王侯的一切紧密联系在一起。从教堂在大火中被烧毁，到被重建和扩建，这一系列过程无一不见证了萨尔茨堡教主至高无上的权力和地位。

神圣美丽大教堂一直都是萨尔茨堡人为之自豪的建筑。现今我们所看到的教堂是1614年由一位意大利宫廷建筑师Santino Solari于大主教Markus Sittikus时期所设计建造而成的。由大主教帕里斯·诺德雷昂在1628年主持落成典礼，钟塔部分则在1652-1655年正式完工。1944年由于轰炸摧毁了教堂的屋顶和部分圣坛，之后又被重新修复。1959年又在原来结构的基础上做了扩建。刻在门栅栏上的年代标志记录了"774""1628""1959"三个年代。于1958年在三扇拱门上标记了"信""爱""望"的象徵。在正墙里面上有四座巨大的雕像，分别是彼得、保罗、萨尔茨堡的鲁佩特和维吉尔这四个福音传道者。大主教的内部是纯洁的白色，可容纳万人。中堂的顶壁绘画，是由两个画家所绘而成，画的内容为耶稣的生活与受难记。这里可以找到1959年设立的克里帕塔教堂地下室，此处存放着萨尔茨堡各大主教的墓棺。莫扎特经常使用的是圣坛右边那架管风琴。教堂内有莫扎特出生时受洗礼所用的近七百年历史的锡制洗礼池。

与那些大名鼎鼎的教堂相比，如圣彼得、巴黎圣母院、圣马可等，萨尔茨堡大教堂显得其貌不扬，水泥外墙上鲜见浮雕和华丽的装饰，窗户也是方方正正的，很朴实。但萨尔茨堡大教堂内的设计，却不是其他教堂可以比拟的,美得让人惊叹!高大宽敞的教堂中舱天顶大大小小的彩画镶嵌在纷繁精致的白色大理石雕刻里,彩画的主要基调居然是玫瑰色。大理石雕刻是奶油,彩画是点缀其中的草莓。斜面或立面的画大多诉说着圣经里的故事,而天顶的画则让人炫目地描绘着天堂,由于精妙的透视法,让人感觉那不是彩画,而是通往天堂的天窗,仿佛上帝和天使们就站在云端俯视着我们,审视着人间的善恶。

　　每年夏季萨尔茨堡艺术节之际,大教堂前的广场也是演出场地之一,以雄伟华丽的巴洛克式大教堂作为背景的露天剧场,更给艺术节增添了几分典雅的气息。露天剧场演出的剧目《每个人》闻名欧美,这部话剧从20世纪20年代上演以来,已经演出了几十年,经久不衰,非常受欢迎。

地址:Domplatz

弗兰西兹卡纳教堂(Franziskanerkirche)

　　是一个综合了罗马式、巴洛克式及哥特式风格的杰作。15世纪时期主祭厅与主祭坛曾经被重新装修再度美化过。巴洛克式的主祭坛很有特点。最重要的是至今仍然保留的哥特式的圣母玛利亚雕像。

地址:Franziskanergasse

三位一体教堂 (Dreifaltigkeitskirche)

　　三位一体教堂是老城中最重要的建筑物。它是巴洛克式建筑大师菲舍尔·冯·爱尔拉赫的杰作。这里非常引人注目的是建筑的圆形屋顶，线条优美的立面，双塔以及宫殿般的侧厢。

　　这座教堂的落成要归功于大主教约翰·恩斯特·冯·图恩。他计划为神学院建造一座住房。整个工程从1694年延续至1702年。教堂与修道院连接在一起，采用了罗马建筑的风格。

　　特别值得注意的是菲舍尔·冯·爱尔拉赫的新巴洛克式建筑特色。这种特色在他主持修建的其他萨尔茨堡教堂中也充分体现出来。三位一体教堂之所以如此著名主要是因为由约翰·米歇尔·罗特麦尔绘制的屋顶壁画。这幅画描绘了玛利亚的加冕典礼和神圣的三位一体。这座教堂是仅有的几座能够避免巴洛克式繁缛建筑特点的教堂之一。

地址：Makartplatz

洗马池 （Pferdschwemme）

曾经是用来清洗大主教们被关在马厩里的马的，于1695年建造，马壁画是由当时宫廷画家所画，中央还矗立着驯马师。这个富丽堂皇的洗马池，强调了巴洛克时期马的重要性。

地址：Herbert-von-Karajan-Platz

神职集会广场 （Kapitelplatz）

大主教堂的南方坐落着一处大广场——神职集会广场，其左后方可见海王神喷泉。这个广场建于1732年，成为当时神职人员所使用的洗马场。海王神站立在海骏马的身上，两条有海中王之称的特里东人鱼陪伴在旁边。

地址：Kapitelplatz

旧市集广场 （Alter Markt）

广场被中古时期的平民房舍围绕着，市场中央有一座八角形的市集喷泉，由螺旋状的美化栏杆把里面的圣者弗洛里安雕像包围住，此喷泉的象徵意义是守护神与凶猛火焰的对抗精神。

地址：Alter Markt

圣塞巴斯地安教堂墓园 （Sebastianfriedhof）

这有名的墓园是大主教沃尔夫·迪特里希下令依照意大利建筑风格建造的。四方形的拱门框架内排放着许多名人的墓陵，例如Paracelsus（著名的医生），莫扎特的父亲以及莫扎特的妻子康斯坦泽等。在墓园中心可观看到Gabriel小教堂（祈祷室），是大主教沃尔夫·迪特里希的陵墓。

地址：Linzer Gasse

自信而又执著的萨尔茨堡人

　　萨尔茨堡如同欧洲大地上一颗璀璨的明珠吸引着全世界人的目光。尽管每年来到萨尔茨堡的游客人数逐年递增，但本地人的生活方式却长久以来依然如故。他们安静地做着自己的工作，并按照他们喜欢与习惯的方式生活、娱乐和度假。如果你走出喧闹的老城区，就会发现萨尔茨堡原来是如此的宁静与安详。城市的静穆、山城的秀美以及当地人的自信和执著形成了当代萨尔茨堡的人文景观。

　　萨尔茨堡人是固执的，他们并不认为美国好莱坞经典影片《音乐之声》所表现的是萨尔茨堡真实的故事，因为那些都是美国人的歌、美国化的电影。虽说这部影片出自萨尔茨堡的特拉普一家真实的故事，但它的精神实质已经美国化了，没有一首奥地利的民歌，连萨尔茨堡的本土音乐也听不到了。萨尔茨堡人认可的只是《音乐之声》中那些取自于萨尔茨堡的美丽得近乎仙境的风景。萨尔茨堡人是有智慧的，他们一方面没有把《音乐之声》这部美国影片的故事情节放进自己的文化中，另一方面却充分利用这部电影的风光片性质及其影响，作为用之不竭的旅游资源，他们愿意向世人展示萨尔茨堡最美丽和最真实的一面。

萨尔茨堡人是执著的，他们深爱着萨尔茨堡的伟大儿子莫扎特和卡拉扬。因为正是他们让大家认识了萨尔茨堡，也认识了萨尔茨堡的音乐。他们的作品成为后世传诵的经典，他们的名字也被世人铭记。

　　萨尔茨堡人是淳朴的，他们用真诚感动着到这里的每一位游客。他们没有因商业的驱动，利益的追逐而发生变化，他们依旧诚实、本分、循规蹈矩。如果你不懂德语，买了东西，完全可以将一把硬币捧给商家，让他们拿，请放心，商家是决不会多拿一分钱的。

　　萨尔茨堡人细致、诚恳、敬业，他们善待每一位客人。进入这里的酒店，你会看到桌面上放着风光画片，免费的旅游手册和地图，一套纪念册，莫扎特糖球，甚至还有一顶太阳帽。萨尔茨堡人处处以那些精致的细节来打动你。

　　萨尔茨堡人是自信的，他们懂得自己家乡的文化之美在哪里。在城中的画廊里，很少能看到现代艺术，美国化的流行文化更难在这里立足。也许正是这种文化上的自我，才使萨尔茨堡保持了自己鲜明的特色和不可替代性，萨尔茨堡因之也就更具旅游价值。至今，萨尔茨堡仍然保留着很多具有浓郁民间特色的习俗和节日。

驱赶邪恶、祈求丰收

萨尔茨堡多彩的民间节日

每个新年的第一天，萨尔茨堡州火枪队的壮汉们抱着枪筒又粗又短的礼炮枪，叉着双腿在雪地上站成一排，同时向山野开枪。他们开枪时的心理与中国人过年放爆竹是一样的，寓意驱赶邪恶。人们精神抖擞地迎接新的一年。整个萨尔茨堡州有一百多个火枪队。

紧随着新年的开始在 1 月 5 日的晚间，一种叫"特雷斯特勒"的神秘怪物出现在所有村庄内外。他们身着红衣，头戴鸟羽，彩带遮面，随着节拍翩翩起舞，非常好看，预示着新的一年就此开始。

　　3 月 4 日这天，各个村镇的人都会聚集在广场上，观看本地的甩鞭表演。由九人同时甩鞭，每人手拿一米长的木棍，棍头拴着两米多长的皮鞭，按同一节奏甩鞭。会在十秒钟打九十九响。因为在冬季，要开春的时候，为了唤醒大地。用鞭子的响亮声音，让万物苏醒。响声震耳，使人感到冰雪要被震裂，绿色的春天就要到来。

在复活节里，到处都被象征着生命与爱的鸡蛋以及温顺可爱的兔子装点着。

"五月树"是奥地利民间最重要的节日之一。人们从树林里砍一颗很直很长的至少三十米的云杉树，剥去树皮——因为怕森林里的小精灵藏在里面。然后装饰五彩鲜花，系上红白丝带，编织圆形花环，然后把云杉树立到教堂前的广场上。由几十个身强力壮的小伙子使用木杆一点点把它竖立起来。当"五月树"高高立起时，丝带在空中飘扬，人们围着唱歌、跳舞、演奏音乐。整整一年"五月树"都放在那里，直到来年再换一颗新的大树。

夏至那天和7月底要举行用火驱邪的仪式。据说经过火光烁烁的一晚，这世界就会变得干干净净，不会有妖邪作祟。

在长长的夏日里，还有两个节日都是祈望丰收的。一个是"山松"的游行。即来自宗教传说的巨人，高达七八米，表演者藏在巨人的身体内。另一个就是扛着"花柱"的游行。一根约八米高的粗木桩，上面编结了五万朵鲜花，重达八十五公斤，由一个强壮的小伙子扛着，游行后放入教堂。寓意盼望庄稼茁壮生长，大获丰收。

9月里的丰收节是笑逐颜开的日子。人们把丰收的硕果抬进教堂，以感谢上苍的恩赐。

每年的后三个月民间没什么盛典。新年前最重要的是宗教的节日——圣诞节。

圣诞节对奥地利人来说是一个非常重要的节日，这个节日不仅仅是亲人互赠礼物的时刻，也是自我思考的时刻，更是一个家庭聚会的日子。圣诞节前夜人们相聚在家里共同等待耶稣的降临。一切公共生活都会停止。圣诞节期间的萨尔茨堡更具风采和浪漫。装饰非常可爱的圣诞市场，还有圣诞歌以及这期间的众多活动更增加了圣诞气氛。传统的文化习俗在这时候得到进一步的推广。洋溢着浓烈节日气氛的萨尔茨堡，给冬季来到这儿的游客留下深刻的印象。如果你真想过一个地道的圣诞节，就到萨尔茨堡来吧！

每年的12月5号晚上，在萨尔茨堡的大街上会出现各种各样的怪兽。它们身披牛毛，腰系大铃铛，头戴木制的青面獠牙的面具，希奇古怪，手拿扫帚或树条，追赶人们，专打他们认为不守规矩的大人和小孩。为圣诞节的到来增加了特别的节日气氛。

克兰布斯 *Percht*

独特的乐器与舞蹈

Volksmusik und Instrumente

阿尔卑斯山牛铃铛 (Kuhglocken)

阿尔卑斯山脚下的牛脖子上挂的铃铛，在喜爱音乐的萨尔茨堡人手中演变成了民族乐器，用它来演奏不同的乐曲。在不同场合和电视上向游人展示民族音乐的独特魅力，赢得了无数的掌声。

伐木工人所用的木据 (singende Säge)

当地人用一种特别的小提琴演奏出悠扬的乐曲。这种"小提琴"就是伐木工人用的木锯。如果你来萨尔茨堡，一定要聆听一下这种乐曲。感受一下音乐无处不在，音符仿佛流淌在每个人的血液中。这里的人对音乐的热爱，真是了不起呢！

独特的舞蹈 (Volkstanz)

这种舞蹈源于劳作，当地的铁匠完成自己的作品之后（比如说打好了一个牛铃铛），总是要欣赏一下自己的作品嘛。他们一边拍着腿上的灰，一边欣赏自己的杰作。久而久之就形成了一种特别的舞蹈。据说哪个男孩子能把这种舞蹈跳得轻盈洒脱，他就能娶到当地最漂亮的姑娘做新娘。

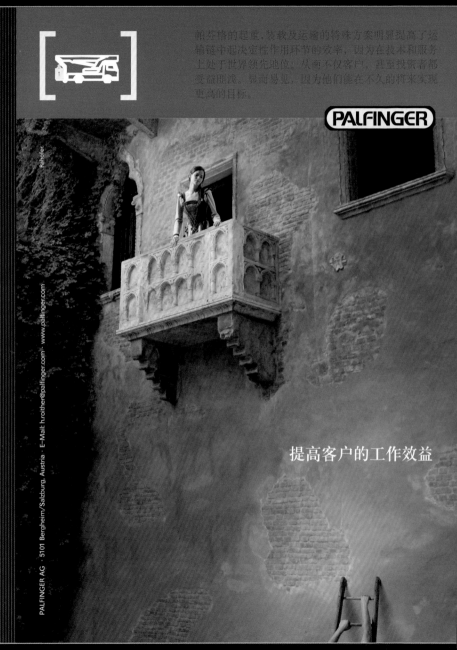

帕尔格的起重，装载及运输的特殊方案明显提高了运输链中起决定性作用环节的效率，因为在技术和服务上处于世界领先地位。从而不仅客户，甚至投资者都获益匪浅。显而易见，因为他们能在不久的将来实现更高的目标。

PALFINGER

Rihofer.

PALFINGER AG · 5101 Bergheim/Salzburg, Austria · E-Mail: h.roither@palfinger.com· www.palfinger.com·

提高客户的工作效益

Your online-gate to vienna

powered by

Salzburger Nachrichten

DER ONLINE-FÜHRER DURCH WIEN

www.pure-fascination.com

奥地利航空公司
——飞往欧洲的航空公司

奥地利航空公司全新商务舱环境自然，可延伸至180度的新平躺式座椅配备了一系列非常实用的功能，确保乘客旅程舒适；空中SPA帮助乘客舒缓情绪；名厨主理的美味菜肴色香味俱佳；多种娱乐节目使旅途乐趣倍增；训练有素的服务人员竭诚为乘客提供温馨亲切的优质服务!

详情及预定请咨询奥航代表处或旅行代理商，或者登陆网站：www.austrian.com 查询最新特价及相关信息。

北京代表处
电话：(+86 10) 6464 5999
传真：(+86 10) 6462 2166
网址：office.beijing@austrian.com

香港
电话：(852) 2525 5221
传真：(852) 2868 5488
网址：office.hongkong@austrian.com

Austrian
奥地利航空

Earn miles with Miles & More

A STAR ALLIANCE MEMBER

5 萨尔茨堡和周边地区的风景同样是那么自然和谐，令人神往。

神秘刺激的盐矿之旅
Erlebnis Salzwelt

盐矿博物馆 （Salzmuseum）

　　萨尔茨堡郊区有最美丽的湖区和盐洞。"盐"用德语讲就是"萨尔茨"。曾几何时，这里是浩瀚的海洋，后来海水退去，陆地埋葬了海洋留下来的宝藏。人类的生活离不开盐，居住在这里的聪明的凯尔特人发现并开始开采盐矿，用盐来为许多食物保鲜。于是盐变得很珍贵，同时给这里带来了无尽的财富。

　　自1989年，萨尔茨堡已经停止对盐矿的开采。离萨尔茨堡二十多公里处，在接近德国边境的地方，有数千年采盐历史的名矿哈莱恩，停止采盐之后，这里已经建成一座盐矿博物馆。在距离地面一二百米的地方，人们可以亲眼看到盐开采和提炼的过程，还可以在地层深处的盐湖乘船游览。

旅游小贴示：

参观坑内须穿着配发的作业服。骑坐在粗圆的矿车上，在又暗又窄的坑道中急速下降，会有一种极其刺激和神秘的体验。这里有导游讲解，参观大约需要一个小时。

大钟山及其周围 （Großglockner）

奥地利的最高峰大钟山（海拔3797米）。登上山顶，周围几座三千多米的高山一览无余，天气好的时候甚至可以看到南面意大利的山脉以及北面德国巴伐利亚的高峰。大钟山区公路建于1930—1935年，于1935年开通，是奥地利境内一条重要的高山公路。冬天，这一带禁止通行，但5月至10月，即使不正式登山，也可以看看冰河雪溪，还有很多人夏天到这里来滑雪。风光之美是难以用语言来表达的，你欣赏到的每一寸风景都会让你赞叹不已，流连忘返！

世界名曲《平安夜》的诞生地
欧本多夫 *Oberndorf*

世界著名的歌曲中，若要说到旋律优美，歌词祥和，则很少有能够与《平安夜》相提并论的。《平安夜》的词曲搭配得天衣无缝，聆听的人，无论是否基督徒，都会为之动容，有人说它是世界上最美妙动人的歌曲之一，相信这种说法不会有人反对的。然而，歌曲的诞生，却非常偶然，今天它能够流传到全世界的各个角落，绝不是作这首歌曲的人当初所能料想得到的。

相传1818年，在萨尔茨堡附近的一个小村庄欧本多夫，教堂里的风琴坏了，当时圣诞节临近，可是在乡下已经来不及修理了。束手无策的摩尔神父很快写了一首赞美歌词，并邀请教堂的风琴师格鲁伯谱曲。于是，世界名曲《平安夜》就此诞生。这首脍炙人口的歌曲旋律动听、歌词优美，充满了一种属于天堂的安宁。你完全可以想象当年默默无闻的摩尔神父于圣诞节前夜在山坡上望着奥地利乡村月下的景色，遥想圣经中关于救主降生的记载，感慨上帝借着道成肉身的圣子成就的救恩，是如何心被恩感，灵感奔涌，写下这首《平安夜》的不朽词句。以后每逢圣诞夜，我们就会安静下来，倾听那来自心底的轻轻的歌声，思想两千多年前那个夜晚降生的婴孩对人类、对历史、对生命的真正意义⋯⋯

每年圣诞前夜，欧本多夫都是热闹非凡，有几千位来自世界各地的游人和身着盛装的唱诗班的孩子一起，手拿点燃的蜡烛，站在大雪里，共唱《平安夜》，他们觉得只有这里的平安夜才是原汁原味的。

摩尔（1792—1827）《平安夜》词作者（左图）
格鲁伯（1787—1863）《平安夜》曲作者（右图）

冰洞 （Eisriesenwelt）

　　从萨尔茨堡开车南行约半个小时，即到达了萨尔茨堡州的蓬高和平兹高地区，及更偏远一点的龙高地区，这里总共有两万两千人，风景如画，尤如世外桃源。蓬高地区横卧着陶恩、腾纳和哈根三条山脉，层峦叠嶂，峰连云天。1912年，当地一个叫亚历山大·梅尔克的探险家在腾纳山摩天岭的陡峭悬崖上发现了一个山洞，洞内完全是一个神奇瑰丽的世界：除了有宫殿般巨大的空间外，还有硕大无比、形状怪异的冰石，以及一个神秘莫测的水潭。后经证实，这个位于威而芬镇附近的山洞是迄今世界上发现的规模最大的冰洞。现在这里每年吸引着成千上万的游客前来观赏猎奇。

山涧 （Liechtensteinklamm）

　　从冰洞南行数十公里，即到了位于圣约翰镇附近的又一自然奇观——里西顿斯坦大山涧。这个尤如"一线天"的狭长山涧，是奥地利境内最险峻陡峭的山涧。这里于1875年向游人开放，因里西顿斯坦侯爵曾投入巨资开发这里的景观，故以其名命之。

采尔阿姆西
Zell am See

该镇位于萨尔茨堡和因斯布鲁克之间，是与采尔湖相邻的旅游胜地。它是通往大格罗克纳高山公路和周围山谷村庄的一个重要枢纽，是著名的风景旅游地。

　　沿火车站右前方的步行街往前行，就到了中心广场。面向广场的圣希波利德教堂起源于13世纪，现在是一座巴洛克式建筑。可以先参观一下教堂内的壁画。广场福克特塔内二、三、四层是小型地方博物馆。漫步在湖畔小道上，使人心旷神怡。还可以在火车站租一辆自行车，骑车绕湖一周，也会增添不少乐趣。此外还可以坐缆车到两个瞭望台：一个看近处的采尔湖，一个看远处的上陶恩山脉，前者可坐Zeller Bergbahn缆车登的Gasthof Mittelstation（海拔1325米），需十分钟。后者则是在离市中心约两公里的山脚站坐Schmittenhöhebahn缆车，到达Schmittenhöhe（海拔1965米）的山顶站，此处景色尤佳。去山脚站Schmittenhöhebahn Talstation，可在市中心的邮局坐公车，车程七分钟，每隔三十分钟一趟车。

卡普伦村位于大格罗克纳山的北面，萨尔茨河的支流Kapruner Ache从其中穿过。这里是参观冰河、滑雪的好地方，尤其是夏季滑雪的圣地。从村中心沿河往上走五公里，坐车的话十二分钟就可到达前往冰川的缆车的起始站(Gletscherseilbahn Talstation)。除此之外，你也可以坐直达的缆车，但是缆车穿行在隧道里，感觉就像坐地铁，沿途看不到优美的风景。

　　缆车在山上的最后一站位于Bergstation Kitzsteinhorn（海拔3029米），夏天在冰川上滑雪是最棒的。

卡普伦 *Kaprun*

Salzburg im Winter
冬日的萨尔茨堡

　　冬天是萨尔茨堡另一个美丽的季节，皑皑的白雪覆盖了整个城市，宛若一座童话中的古堡，即便是路边穿梭的电车，也似乎回响着千年的历史。城市的周围是茫茫雪野，望不到边的白色，纯洁生动的冰花如同水晶般莹亮剔透。街道两边所有的树木都成了"雾凇"，所有的一切都被白雪覆盖了，无论是街道还是哥特式大教堂的尖顶，甚至巴洛克式的天使雕塑都披上了一层寒霜。老城区狭窄的小巷、宽阔的广场都在邀请你来一次最浪漫的城市漫步。

　　当圣诞节即将到来时，你会觉得这个袖珍小城的上空正有冥想和浪漫的音符在飘荡；处处可见装饰得非常可爱的圣诞礼物市场，熟悉的圣诞歌曲回响在城市的每一个角落，众多的民间活动烘托出浓郁的圣诞气氛。这个时候，最好就是陷入老式咖啡店软软的座位中，喝上一杯热气腾腾的、上面漂浮着一层厚厚奶油的萨尔茨堡咖啡，看着窗外如梦幻般的冰雪世界，默默地惊叹着它的美丽！

冰雪的魅力

　　萨尔茨堡不仅有数不尽的历史文化和风景如画的自然景色，更是世界著名的滑雪胜地，它那罕世绝伦的风光美景吸引着全世界的滑雪迷们，无论在凉爽舒适的夏天，还是在冬日的滑雪季节，这里都有来自世界各地的众多滑雪者。

　　在萨尔茨堡，当你住在市区的时候，体验七处不同的滑雪胜地。因为在滑雪季节，萨尔茨堡"滑雪通勤大巴"每天往返于萨尔茨堡市区和滑雪区。登上通勤大巴车，你就可以享受到滑雪的乐趣。如果你不想滑雪，萨尔茨堡滑雪通勤大巴车也可以载你到郊区去欣赏美轮美奂的雪景。

　　如果你突然兴起，却没有携带任何滑雪用具，这也不要紧，因为你可以在滑雪地租到滑雪的全套装备，把自己"武装"起来。

　　有关滑雪的信息和服务可以在酒店服务台或者在萨尔茨堡市旅游咨询处获得。

Willkommen in der Europasportregion Zell am See - Kaprun

经历更多——度假于欧洲运动区策尔湖——卡普隆

DIE EUROPA SPORTREGION
ZellamSee Kaprun

A-5700 Zell am See • Brucker Bundesstraße 1a
电话: (+43) 6542 770-0   传真: (+43) 6542 72032
E-Mail: welcome@europasportregion.info

优美如画的雪景环绕着寒冷的季节里130条精致雪
粉铺设的数公里长的滑雪道
在策尔湖戏水只不过是夏天40多种运动项目之一
"休闲""活力型度假" 或是"刺激的运动"
适于所有想在假期中有更多体验的朋友
欧洲运动区策尔湖—卡普隆

www.europaportregion.info

Bergheim
Das Dorf bei Salzburg

若您选择别格汉姆作为您的度假胜地，那么您正处在中心地带：

· 别格汉姆坐落于距离莫扎特之城萨尔茨堡3公里处，在它北方是阿尔卑斯山北侧山麓地区，中间的是天然湖区

· 独特的景观，丰富多彩的家庭式郊游以及奇妙的乡间徒步给人留下难忘的印象

· 独具一格的健康项目，精心挑选的自行车、 跑步、越野行走路线

  · Gmachl酒店的"vitatrium"1100平方米的健身和健身理疗中心
  · 带沙滩排球的游泳池，迷你高尔夫球场，健康绿洲及溜冰场
  · Mozart−，Tauern− & Salzkammergut 自行车道
  · Jakobs− & Arno 小道
  · 周围有9个高尔夫球场

别格汉姆可以提供舒适的餐饮服务，丰富多彩的体育项目，浪漫的漫步小径及放松休息的机会

尽情享受别格汉姆集休闲与活力于一体的度假活动

咨询 & 预订

TOURISMUSVERBAND BERGHEIM

Moosfeldstrasse 2 - A-5101 Bergheim

电话: (+43)662/454505　传真: (+43)662/454505-75
网址: www.bergheim-tourismus.at　E-Mail: info@bergheim-tourismus.at

HOTEL BERNER
www.bernerhotel.com
Zell am See
Austria

私人经营的四星级宾馆。地处安静地带，从此处可纵览当地美丽的全景，距离中心及湖只需步行5分钟，宾馆装潢具国际水准（禁烟餐厅，酒吧，门厅，停车场，地下车库，休息室）。单人及双人房配有迷你吧，电吹风，沙发，有线电视，收音机，电话，网络接口及阳台等设施。

Zell am See, (策尔湖),
最适于作为多日和半日的旅游的出发点:

- 从史密特霍尔山上眺望远处，坐吊篮，纵览壮观的景色，30座山头均在海拔3000米以上
- 大钟楼山及通往阿尔卑斯高山的大钟楼路
- 环绕策尔湖船游
- 可米勒瀑布——奥地利最高的瀑布
- 高山区的水库——卡普隆
- 萨尔茨堡、莫扎特之城及《音乐之声》的故乡
- 因斯布鲁克—INN的周边城市
- 水晶世界　施华洛世奇

提供咨询服务，并可协助组织活动

别纳家庭
电话: (+43)6542 779　传真: (+43)6542 7797
E—Mail: info@ bernerhotel.com
网址: www.bernerhotel.com

Geheimnisvolle Salzwelt

盐在呼喊！

SALZBERGWERK
Berchtesgaden

体验一整天！

体验一整天神秘之游，滑入地层深处，滑着竹筏漂浮于闪闪发光的盐湖上并且亲身经历传统的盐矿开采技术。

ALTE SALINE
Bad Reichenhall

寻找发现者！

揭开山中神秘的面纱：勘察深邃的地道和神秘的岩洞，体验开采盐矿，发觉当前最先进的工业设备！

盐矿开放时间：

5月1日-10月15日	10月16日-4月30日
每日9:00-17:00	每日 11:30-15:00

（关闭：狂欢节后的周二，耶稣受难日，圣灵降临节后的周一，圣诞夜）
特别开放时间：圣诞节及复活节期间
电话：08652 6002-20   传真：08652 6002-60

古老的盐场 开放时间：

5月1日-10月31日	11月1日-4月30日
每日10:00-11:30 14:00-16:00	每月周五及第一个周日：14:00-16:00

（关闭：狂欢节后的周二，耶稣受难日，圣诞夜）
电话：08651 7002-146   传真：08651 7002-196

*最后的巡游

www.salzwelt.de

如何办理旅游签证

奥地利属于申根协议国。如果没有其他附注，持有申根签证即可以到奥地利等申根协议国家旅游。如果旅游目的只是奥地利，应该到奥地利驻中国使领馆申请旅游签证。如果在奥地利驻华使馆办理签证的话，可以申请的旅游签证最长时间为90天。

旅游签证：

如果没有其他附注、持有申根签证有权在所有"申根国家"旅游（奥地利、比利时、荷兰、卢森堡、德国、法国、意大利、西班牙、葡萄牙、希腊、挪威、瑞典、芬兰、丹麦和冰岛），并允许一次、两次或多次入境。负责使馆为主要旅行目的地的国家驻华使馆。持公务护照（包括外交护照、公务护照和因公普通护照）者的签证申请须按规定经由部委或其他具有照会权的外事部门递交。使馆受理签证申请的前提是同时已递交所有所需材料。签证申请须提前3周递交到使馆。奥地利使馆签证申请的办公时间：周一至周五 9:15-11:30。使馆有权要求申请者本人面谈及在其返回中国后再次面谈。

生活在上海市、安徽省、江苏省和浙江省的申请者请联络奥地利驻上海总领事馆。

电话：021-6474-0268

传真：021-6471-1554

电子邮件：shanghai-gk@bmaa.gv.at

其他省市的申请者在奥地利驻华大使馆领事部申请。

电话：010-65322061

传真：010-65321505

所需材料：

- 一张由申请者本人签名并工整、完整、真实填写的申请表。
- 两张护照照片（彩色、两寸）。
- 护照有效期至少在签证到期后90天。
- 往返旅行的旅行方式证明（机票订单）。
- 奥地利旅游公司出具的费用及责任担保函。

- 工作单位证明：申请人职位、休假许可、雇主单位地址、电话、电子邮件及传真号码、公章以及包括签名者姓名、职位的签字。此公司文件需交原件，并附上公司营业执照复印件。
- 酒店订单。
- 完整行程。
- 包括一切危险的旅行医疗与意外保险证明（保险额最低为3万欧元）。如果未在奥地利保险公司投保，其投保的保险公司则须证明——奥地利合作机构在产生费用时直接将费用汇入奥地利医疗机构。国外保险单须交原件，并附有英文或德文翻译件。
- 中国申请者须提供：户口本原件及其复印件（户口本所有页及加页）。
- 外国申请者须提供：居留许可原件及复印件（所有页及加页）。
- 签证申请者请出具已经去过的西欧国家、北美、澳大利亚或新西兰的证明。
- 或者在中国拥有财产、工作及家属（妻子、未成年儿童），以表明肯定会离开申根国家。
- 签证费用在35至75欧元之间。取决于申请签证的次数、有效期。签证费按照当前汇率以人民币支付。

货币

奥地利的货币为欧元，1欧元＝100分。目前与人民币的比价为：1欧元约合10元人民币

纸币：5欧元 10欧元 20欧元 50欧元 100欧元 200欧元 500欧元

硬币：1分 2分 5分 10分 20分 50分 1欧元 2欧元

银行开门时间：

银行：周一至周五　　8:30 － 16:00

商店：周一至周五　　9:00 － 18:00　（周四至20:00）

　　　周六　　　　　9:00 － 17:00

　　　周日及节日不营业（除了旅游商店外）

兑换：

一般来说最好在银行进行兑换比较划算，因为手续费比较低。如果紧急用钱的话，也可以在酒店、机场、大火车站等外汇兑换处兑换，但是手续费比较高。

打电话

奥地利国家区号是0043，维也纳区号是01，萨尔茨堡区号是0662，打国际长途需要买电话卡，可以在超市或者报刊厅购买，从萨尔茨堡拨打国内电话0086+地区代号+电话号，打手机0086+手机号。

上网

一般宾馆均有宽带网络，客人可以在酒店大厅上网。

电源

220伏、50赫兹，电源插座为德国标准插座（两个圆头的插销）。

时差

萨尔茨堡当地时间比北京时间夏天晚六小时，冬天晚七小时，（比如北京冬天中午十一点是萨尔茨堡早上四点）。

信用卡

最普遍使用的几种信用卡为万事达卡、维萨卡、美国运通卡。一般来说，旅行支票也很受欢迎，但其银行佣金高。

问讯处

在萨尔茨堡有旅游咨询处。它们位于莫扎特广场5号（Mozartplatz）。电话：0662-88987-330，网址：http://ch.salzburg.info。

夏季：周一至周日　　9：30 — 20：00
冬季：周一至周六　　9：00 — 18：00

这里还可以帮您订导游和酒店，不过要加7.2%的附加费和2.2欧元的代租费。有关旅游的一切问题都可以到这里来寻求帮助。
在火车站的2A站台也有一个问讯处。
在那里你可以得到免费的《萨尔茨堡指南》，上面有所有景点的详细信息并提示您哪些风景是不可错过的。

地图

在旅游咨询处和住宿的酒店都可以得到免费的市区地图。

存行李

在火车站全天开放，大箱子每天3欧元，小箱子每天2欧元。当然如果你想在柜台存的话也可以，存行李的柜台每天从早上4：00开一直到半夜24：00，每天费用是3欧元。

小费

在饭店吃饭或乘坐出租车按惯例支付消费额的5％－10％作为小费。

天气

萨尔茨堡的魅力就在于它季节更换的魔力，曾经有作家这样形容萨尔茨堡："它总是这样美丽，无论什么季节，人们总是认为是不同的季节增加了城市的美丽色彩。"萨尔茨堡属于温带气候，在地理位置上受阿尔卑斯山影响，降雨量大，冬夏季都非常短。不同的月份，萨尔茨堡的降水和温度都随季节变化。（详见下表）你可以根据自己的喜好，选择去萨尔茨堡旅游的时间。当然，最佳的旅游季节是每年的4月至10月。在圣诞节前后萨尔茨堡非常热闹，而且还可以尝试去郊区滑雪，别有情趣。

平均气温（摄氏度）											
一月	二月	三月	四月	五月	六月	七月	八月	九月	十月	十一月	十二月
3	5	10	16	20	23	25	24	21	14	8	4

平均降水（毫米）											
一月	二月	三月	四月	五月	六月	七月	八月	九月	十月	十一月	十二月
37	43	50	49	77	80	92	72	37	58	52	41

厕所

一般标志是WC或者Toilette，在主要的景点、火车站、或者博物馆都有，当然也可以找个餐厅或咖啡馆，不消费也没关系，打个招呼，说声谢谢就行了。

住宿超值全攻略

如果你的预算费用不多，那么建议你去青年旅馆。萨尔茨堡青年旅馆的床位每人14欧元起，在这里可以认识很多来旅游的新朋友，旅馆内可以上网，有洗衣房，经济实惠。

YO-HO INTERNATIONAL YOUTH HOTEL

PARACELSUSSTRASSE 9

电话： 0043-(0)662-87-96-49

传真： 0043-(0)662-87-88-10

E-MAIL：OFFICE@YOHO.AT

网址：WWW.YOHO.AT

当然，如果你要花钱享受一番的话，可以和下面的四、五星级酒店联系一下,他们的性价比也很不错：

Crowne Plaza Salzburg-The Pitter *****
Rainerstrasse 6-8, 5020 Salzburg

Castellani Parkhotel Salzburg ****
Alpenstrasse 6, 5020 Salzburg

Hotel Austrotel ****
Mirabellplatz 8, 5020 Salzburg

Hotel Imlauer & Stieglbräu ****
Rainerstrasse 12-14, 5020 Salzburg

交通

从北京到萨尔茨堡其实很方便，乘坐奥地利航空公司的班机到维也纳所需要的时间是九个半小时，再从维也纳转机到萨尔茨堡只需要四十分钟。此外，奥地利航空公司还经营萨尔茨堡和其他欧洲城市之间的航线。在奥地利境内拨打奥航电话：05-1789，即可得到相关的服务，话费为市话收费。奥航北京办事处的

联系方式为:

奥地利航空公司驻北京办事处

100016北京,亮马桥路50号

燕莎凯宾斯基中心C604室

电话:010-64645999

传真:010-64622166

E-mail:office.beijing@austrian.com

萨尔茨堡老城区的景点非常集中,合理安排路线,完全可以在一天之内玩遍好几个特别值得去的景点。

萨尔茨堡卡

萨尔茨堡市内的交通非常便捷,只要拥有一张萨尔茨堡卡,就可自在地游遍萨尔茨堡了!萨尔茨堡卡把很多功能集中到一张卡上,持卡者可以免费进入几乎所有城里的景点,免费使用公共交通设施以及享受许多其他优惠。所有的入场费都以电子形式储存在卡上,这是你的萨尔茨堡个人VIP卡!这样在游览萨尔茨堡的景点时,你不需携带大量现金,不需操心汇率和价格。萨尔茨堡卡有24小时,48小时和72小时三种不同的选择,你可以根据时间安排和个人兴趣选择。萨尔茨堡卡既适合旅游团队,也适合希望单独而轻松地品味这个城市的个人旅行者。萨尔茨堡卡可以在网上预订然后在酒店领取,当然也可以抵达后在任何旅游者信息中心或许多酒店里购买。

购卡的同时你可以索要一份免费的《萨尔茨堡指南》。

SALZBURG CARD

SALZBURG

Name: _____

Uhrzeit: _____ Datum: _____

公交车票

萨尔茨堡的公交车票分很多种，有短程票0.8欧元、单程票1.6欧元（单程打折票0.8欧元）、24小时天票3.4欧元（打折票1.7欧元）、周票11.7欧元、月票41.6欧元等。所以可以根据停留时间买合适的票，打折一般是针对14岁以下儿童和60岁以上老人。建议在自动售票机或售票处购买，比上车后在司机处购买便宜。车上买单程票每次1.8欧元。车上没有专门的验票人员，全靠自觉在打票机上打票，可能会遇到查票人员，如果不打票会认为你是逃票，那样被罚款就太不划算了，而且还影响游玩的心情。另外不要忘了在你要下车时，提前按门前扶手上的按钮，如果没人上车也没人按钮提示司机有人要下车的话，车在这一站不停。如果持有萨尔茨堡卡，向司机出示就可以了。

交通小贴士

公共交通，市中心与市郊的交通工具为公交车，行驶时间为5：30—24：00。周五与周六有夜班车 22:30—04:00，夜班车标记为N。

使用方式：
- 奥地利没有验票制度，你可以很随意地搭地铁、电车，但是如果被抽查到没买票，则一律罚款。
- 第一次使用交通卡（票）时，必须在车上的打票机上打票，上面会显示使用的时间。
- 奥地利的交通工具上，都有特别为带婴儿车或狗的乘客设计的特别位置，但必须另外买票。

语言

官方语言为德语。

紧急求助电话号码

火警	122
报警	133
救护车	144

奥地利法定节假日

01月01日	新年
01月06日	三皇节
05月01日	国际劳动节
08月15日	玛利亚升天节
10月26日	国庆节
11月01日	万圣节
12月08日	玛利亚受孕日
12月25、26日	圣诞节

日期不固定的节日有

复活节

圣灵降临节

圣体节

咨询提供

孙婉莹

旅游顾问

Peter Schatz、Jacky Chan、Li Che

鸣谢

Salzburger Nachrichten (www.salzburg.com),

MMag. Christian Strasser

Tourismus Salzburg GmbH (www.salzburg.info),

MMag. Bert Brugger

Uniart Production® (www.uniart-worldwide.com),

Dr. Jian Wang

CINEVISION TV & Video Produktion

图书在版编目（CIP）数据

萨尔茨堡音乐之旅／王欣欣著.—北京：新星出版社，2007.8
（轻松游世界丛书）
ISBN 978-7-80225-265-3

I.萨… II.王… III.旅游指南－萨尔茨堡 IV.K952.19

中国版本图书馆CIP数据核字（2007）第038730号

萨尔茨堡音乐之旅

王欣欣 著

责 任 编 辑：丁纪红
责 任 印 制：韦 舰
装 帧 设 计：段 芳

出版发行：新星出版社
出 版 人：谢 刚
社 　 址：北京市东城区金宝街 67 号隆基大厦 　 100005
网 　 址：www.newstarpress.com
电 　 话：010-65270477
传 　 真：010-65270449
法 律 顾 问：北京建元律师事务所

经销电话：010-65276452
邮购电话：010-65276452
邮购地址：北京市东四邮局 7 号信箱 　 100010

印 　 刷：北京中科印刷有限公司
开 　 本：889×1194 　 1/32
印 　 张：4.375
字 　 数：28千字
版 　 次：2007 年 8 月第一版 2007 年 10 月第二次印刷
书 　 号：ISBN 978-7-80225-265-3
定 　 价：38.00 元

版权专有,侵权必究;如有质量问题,请与印刷公司联系更换。